风沙星辰

[法] 圣埃克絮佩里 著
萧逢年 译

Terre Des Hommes

U1005200

新世界出版社
NEW WORLD PRESS

图书在版编目（CIP）数据

风沙星辰 /（法）圣埃克絮佩里著；萧逢年译 . --
北京：新世界出版社，2018.6（2023.7 重印）

ISBN 978-7-5104-5717-3

Ⅰ . ①风… Ⅱ . ①圣… ②萧… Ⅲ . ①长篇小说—法
国—现代 Ⅳ . ① I565.45

中国版本图书馆 CIP 数据核字（2017）第 317548 号

风沙星辰

作　　者：[法] 圣埃克絮佩里
译　　者：萧逢年
责任编辑：丁　鼎
装帧设计：主语设计
责任校对：宣　慧
责任印制：王宝根　高　金
出　　版：新世界出版社
网　　址：http://www.nwp.com.cn
社　　址：北京西城区百万庄大街 24 号（100037）
发 行 部：(010) 6899 5968（电话）　(010) 6899 0635（电话）
总 编 室：(010) 6899 5424（电话）　(010) 6832 6679（传真）
版 权 部：+8610 6899 6306（电话）　nwpcd@sina.com（电邮）
印　　刷：天津光之彩印刷有限公司
经　　销：新华书店
开　　本：880mm × 1230mm　1/32　尺寸：145mm × 210mm
字　　数：150 千字　印张：7
版　　次：2018 年 6 月第 1 版　2023 年 7 月第 8 次印刷
书　　号：ISBN 978-7-5104-5717-3
定　　价：36.80 元

版权所有，侵权必究
凡购本社图书，如有缺页、倒页、脱页等印装错误，可随时退换。
客服电话 : (010) 6899 8638

目录

导　言

人类相对于个人是至高无上的——就像普遍是高于个别的，而我正是为了这至高无上而战。

——圣埃克絮佩里

提到圣埃克絮佩里，绝大多数人都会想到《小王子》。色调温柔的插图、对大人世界的荒谬描述，以及可以说是儿童代表的小王子，不知虏获了多少人的心。因此读者想知道《小王子》是怎样诞生的也是理所当然的，想从创造出小王子这一人物形象的圣埃克絮佩里本人的少年时代去探求源头，也是很自然的事情。

1900 年 6 月 29 日，圣埃克絮佩里出生于法国里昂。父亲的圣埃克絮佩里家族来自法国中部的里姆桑，母亲的丰斯科隆布家族则来自法国南部的普罗旺斯，都是名门世家。圣埃克絮佩里四岁的时候，在里昂担任保险公司调查员的父亲不幸逝世，教养深厚、美丽端庄的母亲玛丽一手将五个子女抚养长大。

圣埃克絮佩里有两个姐姐——马德莱娜和西蒙娜，以及弟弟佛兰索瓦和妹妹加布里埃尔。父亲过世后，他们都跟随母亲住到勒芒去了，因为外祖母和大姨妈的宅邸都在那里。1914 年夏天，第一次世界大战爆发，母亲加入医疗服务队，圣埃克絮佩里和弟弟佛兰索瓦则被送到德·蒙格勒学校住读。第二年，他们转到瑞士的圣尚学院。在这所贵族学院里，每到晚上，圣埃克絮佩里就把自己关在房间里，不是给自己日夜思念的母亲写信，就是沉浸在冥想当中。

圣埃克絮佩里有一头灿烂的金发，所以同学们都叫他“太阳王”。他修长的睫毛、棕色的眼睛、宽阔的额头和线条分明的嘴唇，使得他在同学之中是那么显眼，看起来更加慧黠，但其倔强的个性也显露无疑。小时候他就在发明方面很有天赋，成为飞行员之后，在航空方面更有无数杰出的发明，共计获得过 13 项专利，其中以 1936 年的特殊降落装置及 1941 年的启动航空发动机新型装置最为著名。

圣埃克絮佩里在娇生惯养中度过了他的童年时代，因此他对童年时代特别眷恋，后来每当他遇到困难，童年时代的记忆会像魔咒一般清晰地浮现出来。从很小的时候开始，对母亲的思念和对死亡的思考就成为他情感生活中最主要的基调。终其一生，无论是有意识的还是无意识的，他总是在寻求母亲的保护。

对于他来说，在某种意义上，就连飞机也成了母性的象征。《夜航》中的法比昂，在“悲惨的事件”结束后执行最后的飞行任务时，光是把脖子靠在椅背上，手里握着操纵杆，他的心情就会变得难以言喻地平静。圣埃克絮佩里后来回忆说：“由飞机哺育长大的我，对飞机抱着孩子般的爱情，犹如婴儿对乳母的亲情。”这是因为他在空中的绝对孤独里，感受到了犹如憩息在母亲怀抱里的安全感。对于圣埃克絮佩里来说，飞机是他摆脱现实社会的桎梏、在文学的创造性天空中飞翔的不可或缺的东西。

父亲的死亡，让圣埃克絮佩里很早就知道死亡的冷酷和无情，夭折的弟弟佛兰索瓦也给他的一生留下了无法磨灭的印象。尽管如此，对他来说，死亡并不只是生命的结束，从某种意义上看，死亡正代表了新的开始。“我觉得船帆、桅杆和希望交织成的嘈杂，仿佛逐渐向海中沉没而去似的。”《南方邮件》中有这样一句话，他有意识地把死亡作为诞生和出航表现出来。这里也以“船”象征乡愁和死的变迁，让人不由得联想起轮回说的生与死的关系，圣埃克絮佩里在其后来的作品《要塞》中也有更加深入的刻画和探索。

21 岁那年，圣埃克絮佩里进入史特拉斯堡第二飞行战斗连队服役。他从小就对飞行深感兴趣，甚至曾经把自行车装上翅膀当作飞机。刚开始的时候圣埃克絮佩里担任维修兵，但因为抑制不住对飞行的热切渴望，就央求母亲寄来一大笔钱，瞒着军方，私自到民间飞行场接受飞行训练，并且只累积了 1 小时 20 分钟的飞行经验。在没有经过上级允许的情况下，他尝试单独飞行，结果险些出事，最后好不容易才勉强着陆。

圣埃克絮佩里取得民间飞行员资格后，不久又在摩洛哥第 37 飞行连队中取得军方飞行员执照，每天往返于法国和摩洛哥之间。至此，他对飞行的热情有增无减，正因如此，以致在 1925 年他以少尉的军衔退役后，顿感生活失去重心。为了维持生计，他不得不为波瓦隆 · 塔尔公司服务，但他的心情始终无法开朗起来。和未婚妻露伊丝 · 德 · 比尔莫兰解除婚约也恰好是在这个时期。

从来没有放弃在天空遨游的梦想的圣埃克絮佩里，终于在1926年秋天进入了拉第格航空公司，他经常在暴风雨密布的西班牙上空，以及炙热的沙漠上空飞行，还结交了无数要好的飞行员同事，体会到了友情的可贵。所以他在《风沙星辰》中说：“一个职业是否伟大，应该可以从人与人的关系是否密切来判断。”

1928年，他被任命为朱比角机场的负责人，在这个人烟稀少的偏远地方，只有友情才能慰藉他孤独的灵魂。也正是在这个地方，形成了他日后的基本理念——“在人类的心中，必须留下伟大的事物，必须使人类回归到人类自身的伟大里。”在朱比角生活的两年，对他的一生产生了非常深远的影响。

圣埃克絮佩里堪称飞行文学的先驱，他曾参与两次世界大战的激烈空战。人类翘首企盼飞机的出现，期待第一次离开地面、远离日常的时空，伸手可以触及宇宙。圣埃克絮佩里身为飞行员，在天空中四处翱翔，创造出超越人类社会的伦理、梦想与“时间”，将其固定在文学作品中，赋予我们每个人奔向21世纪，以及向更远的时空飞翔的翅膀。圣埃克絮佩里依据自己飞行的实际体验，写出了无数作品，这是他送给人们的最好礼物。他开拓出“飞行文学”这一领域，成为历久不衰的畅销作品作家。在他44年短暂的人生中，他不但经历了出生入死的空战，还留下了除书简和日记外的六部主要作品：《小王子》《南方邮件》《夜航》《风沙星辰》（即法译书名《人的大地》）《战争中的飞行员》《要塞》。

其中《小王子》一书只要具有小学二年级的阅读能力，就可以在书中得到启示和讯息，所以此书几乎掩盖了其他五部精彩深刻的作品。要认识作者的文学世界，应该深入这六部书中仔细探索。以下对其他五部书做简要介绍。

《南方邮件》——以新颖的笔法描绘了邮政飞行员的爱情罗曼史

邮政飞行员贝尼斯与青梅竹马、现已嫁为人妇的吉娜维芙重逢，跟丈夫感情失和的吉娜维芙与贝尼斯之间重新燃起爱情之火。

随后贝尼斯发觉，和与吉娜维芙共度的甜蜜生活相比，自己追求的还是充满危险却会带来高度充实感的邮政飞行工作，悲剧等待着重返工作岗位的他……

这是圣埃克絮佩里的第一部作品，充分表现出年轻的圣埃克絮佩里具有梦想家和行动者两面的气质，描绘出既深且广的生活现实与追求梦想的浪漫精神。

《夜航》——以草创期的邮政飞行事业为题材的成名作

主人公里维埃是邮政飞行公司的总经理，以挑战邮政飞行草创期极具危险性的夜间飞行为目标的他，即使邮政飞机卷进暴风雨中行踪不明，也绝对保持坚毅、冷静；再怎么痛苦，也会下达接下来的指令，坚决完成自己的使命。

从主人公直面一切困难、持续挑战的身影中，可以看出圣埃克絮佩里心中理想人物的形象具有强烈的责任感与钢铁般的意志。

作品中描绘了有关人类尊严、充满崇高勇气的行动，使其成为兼具实录价值与文学性的名作，获得了作家纪德的赞赏，并为该书写下序文。该书也曾荣获费米娜奖。

圣埃克絮佩里的“飞行文学”，在现代生活中，始终描述的是最具行动性的层面，其亘古不变的崇高精神，正是让读者为之着迷的理由。

《风沙星辰》——讴歌人类尊严的毕生杰作

这部作品是根据圣埃克絮佩里及其同事的宝贵经历整理而成的随笔。同时也讲述了创作《小王子》的灵感，以及从迫降沙漠的事故中奇迹生还的经历。面对第二次世界大战笼罩下阴云密布的欧洲，他提出“为什么要互相憎恨呢？我们同样都是活在地球运转中的连带责任者”这样的疑问。

这是从天空中不断凝视大地和人类的圣埃克絮佩里的深刻思想，这是一部以诗一般的语言讴歌道德的文学杰作；是一部在星星和地球之间探寻人类本来的身影，给予现代人生活和行动指南的世纪名著。《风沙星辰》是一部使人从只汲汲营营于确保物质利益、政治企图和既得权力的现代，去重新认识很容易被忘记的人类在大地上的威严的书。

在圣埃克絮佩里身上，飞行员和文学家两个角色能互相转换，这部集飞行员的经验和新闻从业者见闻的随笔集，荣获了学院大奖，确立了作者不朽的名声。

《战争中的飞行员》——在生与死之间写成的战时记录与思考

圣埃克絮佩里参加第二次世界大战保卫祖国，他下定决心赴死，于是冒着德军暴风雨般的炮火，出发去执行危险的飞行侦察任务。

为人类相争而苦恼的圣埃克絮佩里，在飞行中深刻思考人类、人道主义和文明，得出以下结论：

“对‘人类’的敌人，我将为‘人类’而战斗。”

这部作品被视为站在民主主义这一边针对希特勒的《我的奋斗》的回答。

《要塞》——浓缩了对人类洞察的未完哲学大作

作品中有这样著名的一句话：“要塞呀！我将在人类心中筑造你。”

作品以在沙漠中建设都市的柏柏尔族国王为主人公，采用独特的结构，以国王独白的形式展开对人类本质的洞察。

“都市”象征生命，“沙漠”象征破坏生命，“要塞”则象征守护生命。虽然相当费解但却充满哲学寓意，这部作品被称为圣埃克絮佩里思想集大成的遗作。

在被圣埃克絮佩里称为“蓝色时代”的时期，由于邮政航空公司内部派系斗争，圣埃克絮佩里失去了他所热爱的飞行员工作，经济开始陷入窘境。1931 年 4 月，他和孔苏埃洛结婚，这个小他几岁的妻子，虽然美丽聪明，但却浪费成习。事实上，圣埃克絮佩里自己也不知节俭，因而日益债台高筑。

工作上的不顺利，加上战争脚步的日益迫近，使得圣埃克絮佩里陷入了深深的孤独中。让圣埃克絮佩里陷入孤独的另一个原因，其实是不幸的婚姻。1931 年揭开序幕的婚姻生活，因双方“性格迥异”早就出现危机。奔放的孔苏埃洛和具有恋母情结的圣埃克絮佩里，两人都外遇不断，在爱的纠葛中饱受折磨。曾经说过“虽然我没有给予丈夫健全的环境，不过经常为他营造出极具创造性的环境”的孔苏埃洛，给予了作家考验，奇妙地扮演着“缪斯”的角色。

圣埃克絮佩里的妻子孔苏埃洛出生于爱沙巴德（实际出生年不详），她与圣埃克絮佩里初次邂逅于 1930 年的阿根廷。两人经过作家班杰曼·克雷谬介绍认识。孔苏埃洛是新闻记者葛梅斯·卡里约的遗孀。1964 年她在《伊卡鲁斯》杂志上发表短文，这样描述自己与圣埃克絮佩里的婚姻：“丈夫这些充满鲜明爱情和秘密的讯息，正秘藏着我过去的悲剧性的美妙气息。”从这里可以推测出两人微妙的夫妻关系。

这个已经结过两次婚、行事怪异、具有艺术家气质的美女，一刹那间就虏获了圣埃克絮佩里的心，两人于第二年 4 月结婚。然而不久两人之间就时起龃龉，一再闹分居，甚至决定离婚。最后虽然没有离婚，但 1979 年过世的孔苏埃洛，依照前夫的遗言，被埋葬在与圣埃克絮佩里家无关的前夫身旁。

孔苏埃洛经常被拿来跟《小王子》中的“玫瑰”相比较，不是被当成浪漫爱情故事的登场人物，就是被视为恶妻的范本。但是无论如何，和丈夫相同，孔苏埃洛并不是单纯到可以用一个形象去概括的人。

事实上，孔苏埃洛也曾经努力想要成为贤妻，特别是新婚时住在卡萨布兰卡的那一段日子。然而，当时圣埃克絮佩里的邮政飞行工作十分忙碌，经常不在家，但他把新婚妻子管得很严，对留在家中的妻子的活动（包括娱乐和交际对象在内）提出许多严苛的要求。孔苏埃洛感到非常寂寞，而且因为性格自由奔放，所以觉得犹如窒息一般，内心对丈夫这个伴随着危险的飞行员职业也感到惴惴不安。同时圣埃克絮佩里的亲戚，除了他母亲，全都反对圣埃克絮佩里跟这个和法国贵族社会格格不入的女人结婚，这也让孔苏埃洛深感痛苦。

正如孔苏埃洛无法忍受这种状态一样，圣埃克絮佩里自己也不得不向别的方面寻求慰藉。事实上，圣埃克絮佩里不但追求像孔苏埃洛那样可以为生活增添色彩的女性，也寻求可以让自己心灵获得宁静的女性。对婚姻感到不满的他，也和别的女性发生关系。比如在他死后，负责管理其著作的B夫人（因当事人的要求，在圣埃克絮佩里的传记中，以比埃尔·修维里艾的男性名字出现），以及获赠《小王子》原稿的席儿薇亚·莱因哈特，还有曾经当过冉·柯克特情妇的女演员娜塔莉·帕雷、画家荷妲·史丹等，都和圣埃克絮佩里有过一段婚外情。

另外，圣埃克絮佩里在文学界的声誉逐渐走向全盛时期。

“美丽的作品，勇敢的作品。作为对这个世界的混乱的抵抗，或者只是为了维持人类的尊严，以及被称为新时代的喜悦，都是值得一读的作品。”《纽约时报》对《风沙星辰》的这则书评，一语道尽战争的不安逐渐逼近，这部作品带给读者深刻的思考。

为了解决经济上的困难，圣埃克絮佩里进入于1934年成立的法国航空公司宣传部，并且作为《巴黎晚报》的特派员，赴莫斯科进行新闻采访，但是所得收入，对于挥霍成性的圣埃克絮佩里夫妻来说，只是杯水车薪而已。

在那段时期里，由于航空技术的进步，飞行员都竞相创立新的飞行纪录。当时一个名叫安德雷·杰比的飞行员创下了以87小时从巴黎飞往西贡的纪录，若是有人能打破这个纪录，将可获得15万法郎的奖金。圣埃克絮佩里满怀一夜致富的梦想，于是在1935年12月，驾驶最新型飞机起飞，但是就在前往开罗途中，不幸坠落在利比亚沙漠上。这次的意外，成了他日后写作《小王子》的背景。

在《风沙星辰》中，圣埃克絮佩里曾经感慨地说：“现在的战争，使得连用来保护人类的东西也被破坏了。在今天，已经不是牺牲一点儿血来增加民族活力的问题了。自从使用飞机和芥子气以来，战争早已成为血淋淋的外科手术了。”他很理性地呼吁说：“为什么要互相憎恨呢？我们应该团结，因为我们都在同一个星球上，都是同一艘船上的成员。”

1939年9月1日，他所畏惧的战争终于成为事实。4日，圣埃克絮佩里收到动员令，被任命为兹尔斯基地教官。但是后勤工作并不能使他满意，于是他开始四处奔走。虽然军医给圣埃克絮佩里开出“不适合军方任务”的诊断结果，但他还是被分配到尚巴纽地方奥尔康基地的战略侦察飞行大队。那个时候对飞行员下达的命令异常混乱，任务充满了危险，但对于他来说，“死亡早已经不是庄重，也不是严肃，更不是悲伤，只不过是无秩序的标记罢了”。虽然他为了保障说话的权利，挺身和西欧的纳粹战斗，“但是看到全世界都为此荒废，他浑身都感到气馁”。

他所属的部队为了避开德军势如破竹的攻击，转战到阿尔及利亚。1940 年 6 月 22 日，法德签订停战条约，圣埃克絮佩里也在 7 月底解除了动员，前往居住在亚葛的妹妹加布里埃尔家里，在那里待了两个月，随后他抛弃了在这个悲剧的时代里最需要他的老母亲和家人，一个人逃亡至美国。

然而在美国，他感受到的只有美国人对法国人满是不信任的眼神，并且由于他主张“停战是正确的”，也饱受在美国流亡的法国同胞的责难。他一句英文也不会说，交不到一个美国朋友，日夜后悔抛弃在德军的压迫下挣扎的祖国。在这样孤独的生活中，他除了写作，没有别的寄托。在不到两年的逃亡期间，他写出了《战争中的飞行员》《给人质的一封信》《小王子》《要塞》的大部分文稿。1942 年 2 月，改为《飞到阿拉斯》的《战争中的飞行员》英文版发行，受到美国年轻读者的热烈欢迎，为挽回法国的荣誉做出了重大的贡献。

圣埃克絮佩里的《给人质的一封信》，表达了对远在法国成为人质的友人安危的担忧；他以《小王子》和互相憎恨的人类的残酷世界诀别，只活在孩提时代纯洁王国记忆中的圣埃克絮佩里，现在脑海中只有重返祖国的念头。

1942 年 11 月 8 日，美军登陆北非。圣埃克絮佩里开始设法回到北非的连队，终于在第二年 5 月到达拉古亚基地的飞行大队。但是在一次飞行中，由于操作失误，他折损了一架飞机，从此圣埃克絮佩里被禁止飞行。随后他寄居在好友的公寓中，专心写作《要塞》，但因为生活孤独而且枯燥无味，一切进行得并不顺利。另外，他在美国的那一段经历，使他跟“超级爱国者”戴高乐失和，使得他的作品在北非被禁止发行；在德军占领下的法国，他的著作也遭到同样的待遇。这对于一直以作品和行动来表达理念的圣埃克絮佩里来说，无疑是最大的侮辱和打击。

他在失意中度过了黯淡的八个月，幸运的是，在昔日好友夏桑上校的安排下，1944 年 4 月，他被编入上校所属的第 32 爆击战队，并且获准再度执行飞行任务。

7 月 31 日清晨，圣埃克絮佩里从科西嘉岛上的波尔可基地起飞，任务是侦察自己的故乡里昂，以及安贝里和阿努西。年轻时就已经抛弃神的他，竟在《要塞》中写出：“神啊！请出现在我身边。若是失去求神的心，一切都会变得非常痛苦。”再度走向求神之路的他，或许已经预料到死神的降临。这一天，他应该是在里昂或勒芒上空，最后一次回忆遥远的幼年时代。在任务完成后的返航途中，他的飞机在葛亚湾上空被德军击落。圣埃克絮佩里就像“小王子”那样，永远从地球上消失了。始终保持着孩童般纯粹的感情和纯洁之心的他，留给我们的礼物只有“以精神的优势尊重人”这个教训。

圣埃克絮佩里除了长年在世界各地保有畅销书宝座的《小王子》，还有前述的那些作品，法国具有最高权威的文学丛书——《普雷亚德丛书》收录出版了他的全集，销量在系列作品中始终保持最高纪录，遥遥领先第二名的普鲁斯特及第三名的波德莱尔。同时他也是50法郎票面上的肖像人物，巴黎奉祀对国家有功的伟人殿中，也刻有他的名字，圣埃克絮佩里早已成为法国家喻户晓的英雄。他除了具有从《小王子》中想象来的“永恒的少年”形象，同时在读者心目中也是不朽的民族英雄。至于20世纪末在作者飞行失踪的地点发现飞机发动机的号码，以及21世纪初发现失事地点疑似飞机残骸的报道，即使完全准确，也只能作为茶余饭后对作者传奇生涯的一个脚注，对作家借作品确定其永恒性并无多大的影响，似乎不必再浪费篇幅多加渲染。

关于《风沙星辰》

《风沙星辰》的法语原版于1939年2月出版，同年年底，荣获法兰西学院小说奖，与题名为“风沙星辰”的英语版，在法国和美国都成为大受欢迎的畅销书。前作《夜航》于1931年12月出版，这两部作品之间存在着7年以上的空白。

当时暂时回国的圣埃克絮佩里，在邮政航空公司发生内讧后，打消了重返南美任职的念头，再度成为单纯的航线飞行员，负责卡萨布兰卡和努瓦迪布之间的邮政运输，以及马赛和阿尔及尔之间的水上飞机联络飞行。1932 年，他被录用为试验飞行员，在圣·拉斐尔湾发生坠海事故后辞职。1934 年 4 月，他进入法国航空公司宣传部，在欧洲各地、北非和中东一带演讲旅行，之后成为报社特派员，赴莫斯科进行新闻采访。西班牙内战爆发后，他以同样的资格两次进入当地。1935 年年底，他在挑战巴黎和西贡之间的长距离飞行纪录时，在利比亚沙漠迫降后，竟奇迹般生还。另外，在 1938 年 2 月，他在以纽约和斐格岛之间的距离为目标飞行时，在危地马拉机场发生失速事故，身受重伤。在无法重新担任正式飞行员的落魄时期，圣埃克絮佩里一直进行诸如此类具有挑战性的尝试，使他无法静下心来创作。

但是在文学的荒芜期，圣埃克絮佩里并没有彻底停止创作，在各报纸杂志上，他也零星发表过包括对梅摩斯、吉约梅在内的航线飞行员的评价，自己在利比亚沙漠迫降时的体会，以及对莫斯科和西班牙内战的报道等。在危地马拉事故后的疗养期间，他有充分的时间埋头写作。曾为他出版前两部作品的出版人加里马尔和作家纪德，也都催促他出版第三部作品，同时他又有前述那些已发表过的零星文稿。最简单的方法当然就是将既存的文稿结集成一本书。但要怎么做才好呢？根据先前的经验，圣埃克絮佩里知道自己并不适合小说这个领域，不想将那些素材写成小说式的情节。那时候给予他最有用建议的是纪德，这位文学大师这样对他说：

为什么你会写不出来呢？不必写成情节中有脉络可循的故事

式作品，而是一种……对，就像花束或成捆的谷物那样，不在意时间和空间，各篇杂然聚拢，倾诉一个飞行家的感觉、心情和知性的那样的作品。比如康拉德以水手的立场写成的伟大作品，就是那样的结晶。

圣埃克絮佩里看过纪德翻译的《台风》，也读过《海镜》，结果竟写出了远超过纪德所期待的优秀作品，可以说是天空的康拉德的作品。

身为完美主义者的圣埃克絮佩里，把以前写成的文章彻底改写了。但推敲的过程，绝对不是像写报道文学那样，将日期和场所明确化，相反，是把这个明确化尽可能去除。比如第一篇“定期航空”开头指出是“1926 年的事情”，这是圣埃克絮佩里被任命为航线飞行员的时间，也是明确指出时间的少数例子之一。之后列举了拉第格航空公司、邮政航空公司、法国航空公司的名称，同时这个航空事业的过程，大约延续了 10 年的时间，其间发生的事情并非依照年代的不同去追述，空间也不固定。比如开头的部分，从阿根廷的夜空开始，然后返回欧洲与非洲，第一篇结束时，梅摩斯的水上飞机把我们带回南大西洋。

至于登场人物，第二篇“同事”，1931 年是唯一的日期，这是梅摩斯飞越南大西洋成功的日期。除此之外，他完成的许多伟业，以及他的死，都没有日期。他的一生，是通过单纯的反复克服的一连串考验诉说出来的。关于在安第斯山遇难生还的吉约梅，他也只是诉说在雪中倒下又起来的不屈不挠的努力。这些人物对于作者来说，正是人类的范例，可以让人完美感受到人类的潜能。重要的并非是他们个体冒险的特异性，而是他们实现的“人类”。这些“人类”，在从现实的时间和空间的限制中解放出来的圈子里，自由并且鲜明地浮现出其伟大的身影。

引导这些故事的，并不是论证式的理性，也不是生硬的哲学，更不是某种意识形态。纪德举出飞行家的“感觉”“心情”“知性”，事实上更应留意的是圣埃克絮佩里最具特征的“梦想”“回忆”，以及伴随这两样而来的“内省”。在《风沙星辰》中，好几次提到这种自然的能力。比如第七篇“沙漠正中央”，在利比亚沙漠迫降，在沙漠上挖洞，裹住身体，只露出脸，“思绪深入到自身内部，闭上眼睛，睫毛动也不动一下。各种印象奔流推拥着我流去，我可以感觉到奔流前往之处，平静的思绪在等着我。河不是流进深海不久后就变得平静的吗？”面对死亡，人会让一切回忆复苏。如果是这样的话，梦想丰富的同时也包含危险。

第四篇“飞机与地球”，在撒哈拉沙漠单机迫降时，那时候的他只不过是在星空和沙漠之间迷路的一个人罢了。突然间，他发现自己被孩提时代家的回忆束缚住了。“然而仔细一想，这才发现我的心中充满了梦想。梦想有如泉水般，没有发出声息就来到我这里，开始时并没有发现让自己满足的这种舒适感究竟是什么。那里既没有声音也没有身影，但是有着似乎有人在走动的迹象，有着感觉非常贴近的友情……也不知道是哪儿的地方，有一片长着茂密黑松和菩提树的花园。花园里，盖着我心爱的家……”在无机的矿物质世界中，与水的表象结合的梦想，正是既脆弱又珍贵的一个奇迹。也是在第四篇里，圣埃克絮佩里几乎是无意识地将这个梦想的重要性放进自己的宇宙论里予以强调，同时也注意到其新的文学效果。《风沙星辰》中诉说时，经常有“我想……”或“浮现在脑海中……”的表达手法。与这些楔子一起让人联想起来的，有第四篇“飞机与地球”中描述的女管家玛格丽特·夏培伊，以及第五篇“绿洲”中描述的清纯得令人难以抗拒的两个“仙女”。这些遥远的或过去的人物，与飞行员一起很自然地被捆扎成束。而那些飞行员本身，也不是同时进行报道的对象。梅摩斯死了，吉约梅最后也失踪了。第一篇中说的卡萨布兰卡和达喀尔之间航线的开拓者勒克里凡，以及比利，全都是死者。这些死者是只活在圣埃克絮佩里绝对无法重返的美丽的“失落的时光”中的人，正如一切挽歌所显示的那样，在追忆当中显露出的身影越发单纯。而他们所形成的一连串故事，有时会绽放出可以称为散文诗的美丽花朵。

作者将这一束花捆扎起来，放在叫作“风沙星辰”的题目下。这个题目萌生出叫作“人类”的种子，栽培出人类文明的大地或与地球有关的东西，大地并非为大地本身而存在，而是为全人类而存在，这是圣埃克絮佩里那个时代共通的人道主义。至于原文以复数形式表明的“人类”则值得注目。作者并非思考地球这一规模性的人类集团化，而是在具体的多样性中描绘所有人类的地球，那正是地球完成统一的多数性世界。

《风沙星辰》是一部为重新认识在只追求物质利益、政治野心，确保既得权益的现代很容易被遗忘的人类在地上的威严的书。

法兰西学院会员埃德蒙·杰尔称赞这是“近来难得出现的杰作”。文学评论家安德烈·卢梭则说：“希望《风沙星辰》能够成为所有学校奖励学生的书。”

相信《风沙星辰》既是最具现实号召力的书，也是最具深远影响的书，一定会在读者心中，引发对自我真实、自我本质的“乡愁”，还有对生活态度的思考。这是在星星和地球之间寻求人类真实的身影，作为现代人生活与行动指南的世纪名著。

昂里·吉约梅[1]——我的同事

这本书献给你。

①昂里·吉约梅（1902—1940），法国飞行家。1940年11月，第二次世界大战初期，前往利比亚公务飞行途中，在地中海上空失踪。一生总计飞越安第斯山396次，飞越南大西洋82次，飞越北大西洋12次。

序

关于我们人类，大地比万卷书教得更多。理由是：因为大地抵抗人类。人这种东西，只有在和障碍物搏斗时，才会发挥实力。当然，人征服障碍物时需要工具。人有时需要刨刀，有时需要锄头。农夫耕种，其实就是在不知不觉间，一点儿一点儿地探索大自然的秘密，正因为有这样抽取出来的东西，所以其真实的样子，才能成为世界共通的事物。与此相同，定期航空的工具——飞机，造成让人去参与解决自古以来未解决问题的结果。

我在阿根廷第一次从事夜间飞行的光景，现在依然历历在目。那是灯火在原野四处，有如星光般灿烂耀眼的黑夜。

那每一盏灯火，即使在一望无际的黑暗中，也还是显示出人心这个奇迹的存在。那一户，也许在看书，在思索，在谈心；这一户或许在尝试计算测量空间，在专心计算安朵罗梅达星云；还有一户人家，或许在爱着也说不定。那些灯火各自寻求自己的粮食，在山野之间，发出稀稀疏疏的亮光。当中也可以看到似乎是诗人的、教师的、木匠的灯光，显得非常谦逊。但是，在这些活生生的星星之间，夹杂着的紧闭的窗户、消失的星星、沉睡的人又是多么多呀……

我们必须努力完成自我，必须尝试与山野之间稀稀疏疏发出亮光的那些灯火心灵交融。

风沙星辰

第一章　定期航空

那是1926年发生的事情。当时我刚进入拉第格航空公司，担任定期航行的飞行员。这家公司比邮政航空公司和法国航空公司[①]更早负责当时图卢兹和达喀尔之间的联络。我在这家公司实习。在获得驾驶邮政机的资格之前，像任何一个年轻的飞行员经历的那样，我也接受了训练。熟悉飞机的飞行状况、图卢兹和培皮涅之间的短距离往返，在冷飕飕的机库里头听关于气象学的课程——我们过着那样的生活，处在对完全陌生的西班牙群山的恐惧和对前辈们的敬畏之中。

在公司的餐厅中，我们经常会看到那些前辈的身影，但他们总是动作粗鲁，以冷漠的态度给予我们忠告。他们中有个人，大概是从亚利罕特或卡萨布兰卡赶回来的，到我们聚集的餐厅时晚了一会儿。他的皮外套已经被雨淋透了，我们中的一个伙伴拘谨地询问他今天的飞行状况，他说就像在暴风雨的日子里飞行那样，充满圈套、陷阱，前方突然出现悬崖，遇到连山毛榉大树都会连根拔起的黑色龙卷风，挡住所有山谷的入口，闪电的枪尖，扫过

①第一次世界大战后，比埃尔·拉第格看出邮政飞行大有可为，便创立了拉第格邮政航空公司，获得迪迪艾·德拉的协助，开拓从图卢兹飞越比利牛斯山脉，沿西班牙地中海海岸南下，渡过直布罗陀海峡，抵达卡萨布兰卡的航线。1925年6月，这条航线一直延长到达喀尔。1927年，拉第格和巴西实业家布伊由·拉封合作，在南美大陆开拓航线，拉第格航空公司改组为邮政航空公司。1930年，梅摩斯完成壮举，将南美航线和非洲航线在南大西洋结合。1931年，邮政航空公司因资金和内讧，业务缩小。1932年，被法国航空公司兼并。

一切山脊。那些前辈精妙的飞行技术让我们心怀敬畏。然而有时候，这种敬畏会变成永久的缅怀，他们中的有些人再也没能回来。

现在我在这里回想的，是后来在比利牛斯山中坠机身亡的比利有一天归来的情景。这个老飞行员来到我们身边坐下，总是习惯默默地、沉闷地埋头用餐，那肩膀仿佛越发能感受到重量似的。那是天气非常恶劣的黄昏时分，整条航线的上空一片混沌。所有的山对飞行员来说，就像以前的帆船战舰上系缆断掉的大炮，在甲板上滚来滚去。我凝视着比利，咽了一下口水，终于鼓起勇气，问他飞行是否困难。比利双眉紧锁，埋头在盘子上，没有听见。在无盖的飞机上，天气恶劣时，飞行员经常把头探出遮风板外观察动静。比利终于抬起头，好像听见我的问话，才回忆起来。随后他突然开心地笑了，那笑容让我沉醉。理由是：比利是个很少笑的人，但是此刻这个笑容，却消解了他脸上的疲劳，使他看上去光彩夺目。除此之外，他对自己那天的胜利，一句别的话也没说，又低下头开始默默地咀嚼起来。然而在这个餐厅的灰色亮光中，夹杂在缓解一天严谨工作的疲劳的小官员里头，这个肩膀厚实的同事的身影，给我的感觉是高贵得近乎不可思议。他那粗犷的样貌背后，可以看到征服恶龙回来的天使身影。

那个夜晚终于来临，轮到我被叫到总经理的办公室。他只是简单地对我说："明天让你去。"

我等待总经理的送别话语，站在那里没动。然而他沉默片刻，只是简单地说："你知道服务规则吧？"

当时飞机发动机的性能并不像如今这样可靠。它们经常突然地、没有任何预兆地在犹如盘子或小碗碎裂般的喧嚣声中弃我们而去。在那种时刻，飞行员除了对西班牙找不到任何避难所、到处都是岩石的地表乞求投降外，别无他法。我们经常对着地图说："若是发动机在这一带发生状况，很遗憾，就必须做好心理准备，不久飞机也要玩儿完！"事实上，飞机坏了可以换新的。重要的是不可鲁莽地去撞岩山。因此服务规则定下重罚，禁止我们飞行员于山岳地带在云海上飞行。因为在飞机发生故障时，飞行员有可能会在白色的云中迷路，不知不觉跟山顶相撞。

这就是那天傍晚总经理用缓慢的声音再一次提起服务规则的理由。

"飞西班牙时，在云海里凭借罗盘飞行是很愉快的，或许也是很潇洒的事情，只不过……"总经理说道。接着，他用更加缓慢的口吻说："……只不过，你要记住，在那云海下……是死的永劫。"

这样一听，穿破云层之上的地方找到的那个稳静、平坦、单纯的世界，对于我来说，立刻有了未知的价值。因为那静谧变成了圈套。我想象着这个云白色的大圈套，就在那里，在我的脚下张开来。那下方，和人的想象相反，并没有人的喧闹，也没有混杂，也没有充满都市活力的大马路，只有绝对的沉默，以及更具决定性的和平。对于我来说，这个白色的云朵成为现实与非现实、已知和未知的分界。同时我也很快就知道一个景观的价值要和看那景观的人的教养、文化与职业联系起来才具有意义。山区的居民也同样知道云海，只不过他们的眼睛看不出那是遮掩虚构世界的帷幕。

从总经理办公室出来时，我感觉到一种孩子气的骄傲，认为这样一来，我也终于从明天的黎明时分起，背负着对客户的责任、对送往非洲的邮件的责任。同时我也感受到深深的自卑，我觉得现在自己的训练还不够完备。西班牙是避难所极少的国度，让我感到不安的是不知道什么时候会发生故障，是否能够找到适当的降落场，我低着头在地图的不毛之地上看了片刻，却得不到任何自己期待的结果。所以我带着胆怯与骄傲的复杂心情去找我的同事吉约梅，在他家里度过我初上战场的前夕。吉约梅是这条航线上比我更有经验的飞行员。吉约梅知道取得西班牙钥匙的秘密，我有必要向他请教。

我走进他的房间时，他笑着说："我听到消息了，你高兴吧？"

他从柜子里取出波尔多葡萄酒和杯子，依然笑嘻嘻的，又回到我身边。

"先干杯庆祝一下。不会有问题的，放心吧，一定会很顺利。"

这位后来在邮政飞行中创下横贯南美大陆安第斯山脉、横贯南大西洋两项纪录的同事，犹如油灯撒下的亮光一般，向我传递着一种自信。创下这两项纪录数年前的那个晚上，他脱下上衣，在灯光下两臂交叉，露出世上充满最大诚意的微笑，只是简单地对我说："或许雷雨、浓雾和雪之类，有时会让你左右为难，在这种情况下，你要想想在你之前遇到这种状况的人，对自己说：别人能够完成的事情，自己也一定能够完成。”在他说话时，我摊开自己带来的地图，恳求他为了谨慎起见，和我一起重新探讨这条航线。我在油灯下低着头，和这个前辈并肩相倚时，大学时期内心的平和重返我的心中。

但是，那天晚上我听到的是多么奇怪的地理课呀！吉约梅没有告诉我关于西班牙的水路学、居民和当地的动物等事情。他把西班牙作为一个朋友介绍给我，他不跟我谈葛第斯，却跟我谈葛第斯附近的一处原野上的三棵橘子树，他说：“要小心那三棵树，要记在你的地图上……”于是那三棵橘子树在地图上的位置，立刻比内华达的高峰还要显著。他不跟我谈罗尔卡，却跟我谈罗尔卡附近一户不起眼的农家，一户生机勃勃的农家。他跟我谈主人，谈农家的主妇。这对夫妇明明远在我们现在所在的地方 1500 公里以外，却顿时变得无比重要。他们在那住惯了的山腹，就像灯塔管理人或守护者似的，在远离人烟的星空下，随时做好准备为他人提供救援。

我们就这样把全世界一切地理学家不知道的事情，从遗忘中、从不可思议的地方召唤回来了。因为地理学家感兴趣的，只有贯穿大都市中央的埃布罗河，至于莫托里尔西郊，藏在草丛中、只滋养 30 朵花的那条小河，他们绝对没有兴趣。“要注意这条小河。因为这条小河破坏了场地，会导致飞机无法迫降……这个也要记在你的地图上。”是的，莫托里尔的那条小河，我应该一辈子都忘不了：尽管那条小河乍看之下是没有任何特别之处的小水流，那轻盈的水声，顶多只能让几只雨蛙感到快活，但事实上那只不过是让人放松警惕的假象罢了。在此地 2000 公里以外天堂般的紧急降落场上，它躺在草丛中窥视着我。一有机会，就把我变成一束火焰。

我也毫无畏惧地等待着那 30 只气势汹汹的绵羊，它们在山坡上伺机而动。“你以为这片草地上没有任何障碍物，忽然哗啦一声，30 只羊冲着你的飞机轮子跑过来了……”我听到如此凶险的威胁，不由得发出惊讶的笑声。

不久，地图上的西班牙在灯光下一点儿一点儿地变成了童话的国度。我在那些避难所和陷阱处画上了十字标记。我把那个农夫、那 30 只羊、那条小河也做了记号。我把地理学教授忽视的那个牧羊女放在应有的位置上。

向吉约梅道别后，明明是冬天酷寒的夜晚，我却想到处走走。我竖起外套衣领，走在素不相识的行人中间，心潮澎湃。和这些陌生人擦肩而过时，由于心中埋藏着秘密，我感到非常骄傲。这些“野蛮人”，现在他们不知道我是谁，可是到了明天的黎明时分，邮包被装进飞机的那一刻，他们就要将所有的苦恼和热情委托给我，他们要将所有的希望交到我手中。现在我全身深深裹在外套里，混在他们当中，有如保护者般踱着步，他们却完全不知道我的心思。

我从夜空中获得的信息，他们同样感受不到。因为这场正在酝酿，并会给我的初航带来苦难的暴风雪，与我息息相关。星星一颗接一颗地消隐，这些路人又怎么会明白呢？只有我才知道星星背后所蕴藏的秘密。战斗前夕，有人已经把敌人的排兵布阵透露给我了……

然而，这些激励我去战斗的召唤，我是在明亮的橱窗旁感受到的，那里面陈列着光彩夺目的圣诞礼物。在黑色里，仿佛世界上所有的财宝都陈列在那里了。而我却不为所动，我为自己的超然物外感到骄傲和陶醉。我是一个身历险境的战士：这些用于节日的夜晚里光彩照人的水晶器皿，这些灯罩和书籍，与我又有什么关系呢？我已经作为飞行员品尝到了夜航的苦涩果实。

我在凌晨3点被人叫醒。醒后我猛然推开百叶窗，看到天空淅淅沥沥地下着雨，于是神情肃穆地穿好衣服。

半小时后，轮到我坐在小皮箱上，在雨中湿漉漉的发出亮光的人行道上等着公司的班车来接。在我之前，有多少即将踏上征途的伙伴，也曾像我一样心情沉重，感受着等待的煎熬。巴士终于在街道转弯处出现——这辆老式的车子，哐当作响。我像其他伙伴一样，坐在长板凳上，挤在睡眼惺忪的海关职员和几个公务员中间。车上弥漫着封闭的霉味，以及灰扑扑的机关和陈旧办公室的沉闷气息，让人一旦陷入这里就无法自拔。车子每500米停一次，好让某位秘书、海关职员或者督察员上车。车上那些已经昏昏欲睡的人含混不清地嘟囔着，算是对刚上车的乘客的问候。后者勉强找个位置坐下来，也很快打起盹儿来。在图卢兹凹凸不平的石子路上，这是一辆阴郁的车子。飞行员与公务员混坐在一起，一点儿也不起眼……街灯一盏盏闪过，机场渐渐近了，这辆颠簸的旧班车变成了一只灰色的茧，人一旦出来，便是脱胎换骨。

就这样，每位同志都曾在一个相似的黎明，从一个地位低下、受督察员呵斥的小人物，一下子变成西班牙和非洲邮航班机的机长。再过三小时，他就要成为在闪电中迎战奥斯皮塔勒巨龙的勇士。再过四小时，降服巨龙后，他就有权决定是绕行海路还是直接飞越阿尔科伊[①]山脉，他将挑战的是风暴、高山和海洋。

每位同志，都曾在图卢兹冬日灰色的天空下，混在默默无闻的人群中，然后在一个相似的黎明，觉得自己成为一个主宰。五小时后，把北方的雨雪和寒冷抛在身后，减慢机速，在仲夏灿烂的阳光下降落在阿利坎特[②]。

这辆破旧的班车已经不存在了，但它的坚硬和不舒适的感觉仍然让我记忆犹新。这辆车象征了这个既艰辛又快乐的职业所必需的准备工作。这个职业的一切都一丝不苟。我还记得，三年后的一天，就在这车上，通过一段不到十句的对话，我们被告知飞行员勒克里凡遇难的消息。他是航线上上百个飞行员中的一员，在一个雾茫茫的白天或夜晚，永远地退出了我们的队伍。

那时也跟今天一样是凌晨 3 点，一片寂静中，我们听到坐在阴影中的经理对督察员说："勒克里凡昨晚没有在卡萨布兰卡降落。"

督察员回答道："啊！是吗？然后呢？"

①阿尔科伊，西班牙地名。
②阿利坎特，西班牙地名。

突然从梦中惊醒的督察员，努力让自己清醒过来，为了表示自己的关切，他接着补充说：“是吗？什么？没有降落？那么，回来了吗？”

从小巴士的深处传来一句简单的回复：“没有。”我们等待着下文，但之后一句话也没有出现。随着时间一秒一秒地流逝，我们所有人都明白任何话语也不会接在这个“没有”之后，这个“没有”中包含无法改变的事实，那就是勒克里凡不只是没有成功降落在卡萨布兰卡，今后他也不会降落在世界上任何地方了。

就这样，在我第一次起飞前的那个黎明，我与所有的飞行员一样，经历着进入这个行业之前所必须经受的神圣洗礼。我透过窗户，看着被街灯照得发亮的柏油路面，感到一阵惶恐不安。路面的水洼上，风不时地将水面吹动得泛起涟漪。我心想：“这是我的第一次邮政飞行，我的运气真是不太好。”我抬起头对督察员说：“这天气不太好吧？”督察员将无精打采的目光投向窗户后，才喃喃地说：“这点儿小雨，根本算不了什么。”我很想知道判断恶劣天气的征兆是什么。昨晚吉约梅只是以一个微笑，就将前辈们所告知的那些不祥的征兆统统否定。然而那些不祥征兆却又在我的记忆中苏醒。他们经常这样说：“一想到没有把这条航线的每一颗小石子都弄清楚的飞行员，万一遭遇到暴风雪，就让人同情不已……的确！真是太可怜了……”当然他们有必要保持自己的威严。由于他们是以同情的眼神目不转睛地凝视着我们的脸，所以显然是在怜悯我们心中所怀的无忧无虑的天真。

仔细想来，有多少同事将这辆巴士当作自己最后的藏身之处？

60 人？ 80 人？同样是这个沉默寡言的司机，在下雨的早晨将他们送走。我环视四周，阴影中闪动着几点光亮，香烟的火光让人的思绪停了下来。抽烟的是上了些年纪的公务员。作为最后的守卫者，他们不知陪伴了多少飞行员。

我时不时会听到他们低声交谈、倾诉心事，说的都是些生病、赚钱和养家糊口的事。这些谈话为我们勾勒出一堵黯淡的监狱的墙，无情地将人们关在里面。突然间，命运的真实面孔在我面前显现。

坐在我身边的公务员，你从来都没有机会从这堵墙翻过。这不是你的错。你就如同那些白蚁一样，用水泥将通往光明的一切出口堵住，建立你所谓的平静的生活。你在属于自己的小资产阶级式的安全感和习惯里面，在几乎令人窒息的乡村生活的礼仪当中舒适地生活。你将身体蜷缩在所筑起的堡垒中，抵御来自风、潮水和星星的侵袭。你根本不想关心人世间的大问题，因为你好不容易才摆脱昔日沉重的生活负担。你并不是游荡在某个星球的居民。你绝对不会向自己提出没有答案的问题。总而言之，你只是图卢兹的一个普普通通的小市民。在还来得及做一些事情的过去，没有任何东西能一把抓住你的肩膀，如今，你自己堆砌出来的黏土已变干、变硬。曾经在你身体里熟睡着的音乐家、诗人或者天文学家的心灵再也不会苏醒过来。

我不再抱怨这暴风雨的天气。职业的神奇，已为我开启另一个不同的世界。在那个世界中，不到两小时，我应该很快就会直接面对有如王冠般有着黑龙和蓝色闪电头发的高大群峰。在那个世界中，夜色来临，突出重围后，我将在夜幕下的星辰间找寻自己的道路。

这就是我们在成为飞行员之前所要接受的职业洗礼，之后就可以启程了。那些空中之旅，大多都会平安无事。我们就像职业潜水选手那样，平稳地降落在自己的领土深处。这片领土现在已经被我们非常详细地调查掌握了。现在飞行员、工程师、通信员不再将每一次出发当作探险，而是走进了实验室。他们参考的是各种仪器指针的数据，而不受外部景观变化的左右。机舱外的山川被黑暗笼罩着，但事实上那已经不是山川，而是需要精确计算的看不见的某种力量。通信员在灯光下精确地记录着数字的变化，工程师在地图上做着记号。飞行员不时地根据眼前的地理参照，修正飞机的方向。

至于在地上各机场值夜班的通信员，他们则是一丝不苟地在自己的记录簿上记下他们的同事发来的通报："凌晨 0 点 40 分。方向 230 度。机上一切正常。"

今天的机组人员都从事着这样的工作。他们一点儿也没有感觉到自己正处在某种行动中。他们在离所有的坐标点都非常遥远的地方。但是发动机响彻机身的呻吟声却赋予这看似平凡的一切以特殊意义。随着时间一秒一秒地流逝，这些仪器盘、无线电设备和指针都在进行着一项非常不可思议的炼金术。每一秒中，那些神秘的手势、欲言又止的话语、所有的注意力都在等待奇迹的发生。正是因为这样，当这一刻真正来临的时候，飞行员才能安心地将额头贴在挡风玻璃上。"黄金"从虚无中诞生出来，中途站的导航灯在闪闪发光。

可是大家一定都有过这样的经历：在离中途站还有两小时的航程时，突然，一个特别的视角给我们启示，我们意识到自己偏离了航线，这比去到印度给我们的感觉还要遥远，我们以为自己再无重新返航的希望了。

当梅摩斯①第一次驾驶水上飞机飞越南大西洋时，在日落时分抵达波托努瓦尔区域时，遇到的情况就是这样。他眼看着几条龙卷风的尾巴一点儿一点儿地收缩，好像在筑造墙壁似的。最后夜晚来临，把这些酝酿的风暴遮得一丝不露。一小时后，梅摩斯驾驶着飞机钻进了云层，他进入了一个神奇的世界。

那里聚集着无数的龙卷风，乍看之下，犹如寺院的黑色圆柱般一动不动。那些如同圆柱般的龙卷风前端膨胀起来，支撑着阴暗的风暴。从天空的缝隙间，撒下一束光亮，那是柱子间闪耀着的月光。梅摩斯穿梭在这荒无人烟的废墟中。他避开海上巨大的龙卷风，在月光下继续着自己的飞行。沿着眼前的急流，他共飞行了四小时，才找到那个龙卷风的出口。眼前所发生的一切难以想象，以至于从这片区域走出来时，他才发觉自己当时连害怕的念头都还来不及有。

---

①冉·梅摩斯（1901—1936），法国飞行家。空军退役后，1925年，进入拉第格航空公司，先是飞行图卢兹和达喀尔之间的航线。1928年，被派往南美，与吉约梅一起完成飞越安第斯山等开拓内陆航线的先驱任务。1930年5月，与达布里和吉米艾一起，首次完成圣路易、塞内加尔、纳塔尔之间的不落地邮政飞行，实现了联结法国、非洲、南美的邮政飞行梦想。1936年12月，在南大西洋上空失去音讯。有自传《我的飞行》问世。

我还记得那些在现实与梦境的边缘飞行的感觉。那天夜里，撒哈拉沙漠机场的无线电所传达的消息误差非常多，以至于通信员聂利和我做出了错误的判断。当我透过浓雾的裂缝看到光亮的水面时，我急忙调头转往海岸方向。我们不知道已经在外海飞行了几小时。

我们甚至不知道能否抵达海岸，因为燃料或许已经不够了。即使抵达海岸，我们还得寻找机场，更何况正值月落时刻。在没有飞行角度情报的情况下，飞机几乎是在空中盲目飞行。不久，月亮落下去，在看起来像雪山的雾霭中，像一堆木炭似的逐渐熄灭。头顶上的天空也被云覆盖着。我们继续飞行在云层和雾气之间，飞行在一个无光无影的空洞世界中。

飞机停靠站无法传达出关于我们飞机当前所处位置的任何消息："没有测定报告……没有测定报告……"

就在我们已经感到绝望时，前方左边的地平线上，出现了一个发光的点。我欣喜若狂。而坐在边上的聂利则唱着歌身体朝我倾斜。这点光亮并不是来自某个停靠站，它应该属于某座灯塔。因为到了晚上整个撒哈拉沙漠停靠站的灯都会熄灭，一片死寂。然而那个亮光只是闪了一下，随后就消失了。于是我们向另一处闪着亮光的地方继续飞行。

之后我们也看到别的地方出现各种亮光，于是我们就抱着某种盲目的希望，朝着它的方向飞去。如果那亮光持续不灭，我们就下意识地去证明，它是来自某个航线的停靠站。聂利这样向锡兹内罗斯机场呼叫："可以看到灯光，请将贵机场的灯塔熄灭，然后闪烁三次。”如果是锡兹内罗斯机场的话，应该会熄灯，然后为我们闪烁三次。然而我们飞去的那强光，一直凝视着我们的那亮光，却丝毫不闪烁，噢！那是意志坚定的星星呀！

明知道燃料在逐渐减少，我们每次还是向着金色的诱饵扑去。每次我们都以为那是真正的灯塔亮光，是我们在寻找的机场、我们的生命，但是不久我们就必须转向另一颗星星。

从那个时候以来，我们在遥不可及的群星之间，犹如迷路了一般，寻找那颗唯一正确的行星——我们的那颗，唯一有着我们的眼睛熟悉的风景、我们怀念的房子和对我们怀着爱情的那颗行星。

唯一怀抱着我们希望的行星……我把这个时候浮现在我眼前的东西说出来如何？或许你会认为很孩子气，不过人即使处在危险当中，也依然会有普通人的烦恼。总之，那个时候我喉咙干渴，肚子饥饿。如果能够发现锡兹内罗斯机场，飞机补给燃料后就立刻飞回去，那么不久就会在黎明的清爽中降落在卡萨布兰卡。只要能平安降落，工作就可以宣告结束！聂利和我会一起到市内去。天亮时，有个一清早就开店的小酒馆……聂利和我会坐下来，沉浸在没有任何危险的安全感中，为昨晚发生的事情感到好笑，面前摆着刚出炉的羊角面包和咖啡。聂利和我，会接受人生早晨的这个礼物。对于年老的农妇来说，经由一幅画像、一面幼稚笨拙的金牌、一小串念珠，就能到达自己的神。与这相同，为了让我们了解自己，别人必须用单纯的话语对我们说话。正因为如此，生命的喜悦对于我们来说，就集中在这香喷喷和热腾腾的面包和咖啡上。经由它们，人与和平的牧场，与异国风格的耕地，与收获合而为一；经由它们，人与整个地球合而为一。在那众多的星星中，为我们准备这香喷喷的早餐的星星，只有这个地球。

然而难以超越的距离，却越发阻拦在我们的飞机和人所住的这个地球之间。世间所有的财宝，似乎都栖宿在星座之间迷失的一粒尘埃上。天文学家聂利，为了找出那一粒尘埃来，面向星星，继续恳求。

他突然摇晃我的肩膀，递给我一张纸条："发生了很了不起的事情，传来了好消息……"我看到这里，一颗心怦怦乱跳，等待他写完应该会解救我们的几个字。不久，我等到了这个上天的礼物。

那是从昨晚我们出发的卡萨布兰卡发出来的信息。由于转发延迟，所以这通信息，现在突然在2000公里外的远方，追上了在雾霭之中的海上迷路的我们。这通信息是派驻卡萨布兰卡机场的管制官发出来的，我读着："圣埃克絮佩里阁下：阁下从卡萨布兰卡出发时，由于在太过靠近机库的地方改变方向，所以本人不得不向巴黎申请惩戒阁下。谨此报告。"我在太过靠近机库的地方改变方向的确是事实。另外，这个人生气完全是出于对职业的恪尽职守。我觉得如果这件事是在那里的机场办公室被告知的话，我应该会心怀谦逊地聆听。然而消息却在此时送到我们手中。这个消息在星星、雾霭和有威胁性的潮水气味中，回响得未免太大声了。现在我们手中掌握着自己的命运、邮件的命运、飞机的命运，现在我们处在"要活下去，必须征服许多困难"的状态中，然而这个官员却将自己小小的愤怒向我们吐露出来。可是聂利和我不但不觉得生气，反而感到巨大的并且是强烈的喜悦。他——那个小官员，让我们得知只要这里是天外，我们就是自由的这个事实。那个中士，难道没有从我们袖子的星星数目上，看出我们已经晋升为上尉了吗？所以他才会像现在这样，在我们严肃地在北斗星和射手座之间逡巡百遍时，在我们此时唯一关心的是背叛了我们的月亮时，插队进来打扰我们的冥想。

眼前的要务、那个官员所在的星球的唯一的要务，应该是给予正确的数据，作为在星星之间迷路的我们的计算基础才对。然而他所给的数据却是错误的。所以有关那以外的事情，地球应该暂时保持沉默。那时候，聂利写给我看的是："在对无聊的事情感兴趣之前，那些家伙首先应该把我们引导出这片虚幻世界……"这句"那些家伙"，对于他来说，指的是地球上所有的人，包括参议院、众议院、海军、陆军，甚至皇帝在内的所有的民族。在看着这条荒唐的、不可理喻的消息时，我们转向了水星。

这时候我们因为非常不可思议的偶然而获救了。反正去不了锡兹内罗斯了，我也放弃了那个希望。终于到了要下定决心的时刻，我们将飞机朝向海岸线，决定在耗完最后一滴燃料之前，都不改变方向。我在寻求仅有的一丝机会，希望这个做法能够让我们避免沉入大海。但不幸的是，因为那几个虚虚实实的灯塔，我们不知道自己要被引导到哪里去。同样不幸的是，即使万一能够抵达陆地，由于不得不在夜晚的浓雾中降落，所以平安降落的机会非常小。尽管知道这些，但是我却没有选择的余地。

事态非常紧急，所以我忧郁地耸了一下肩膀。这时候，聂利告诉我一个消息——如果是一小时前得知这条消息的话，我们或许就能获救——“锡兹内罗斯可以引导我们。锡兹内罗斯虽然不怎么确信，但还是指定了 216 度的方向……”现在锡兹内罗斯并没有逃进黑暗的深处，它在我们的左边，成为可以触摸的东西。那是可以确定的，可是距离呢？聂利和我商议片刻：一切都已经太迟了。我们的意见一致，若是飞往锡兹内罗斯，反而会造成让我们失去抵达陆地岸边机会的结果。因此聂利回电说：“由于燃料只剩一小时，所以继续保持 93 度的方向。”

在这段时间里，各地的机场都醒过来了，阿加迪尔的声音、卡萨布兰卡的声音、达喀尔的声音都加入到我们的对话中。这是因为所有城市的无线电基地都紧急通报了当地机场。机场场长紧急告知了工作人员。他们就像聚集在病人枕边那样，逐渐在我们周围聚集。这虽然是无用的热情，但毕竟还是温情；纵然是无用的忠告，但还是温柔得难以言喻！

但是突然间，图卢兹出现了。图卢兹位于航线起点 4000 公里的远方。图卢兹突然挤进来，并且出其不意地问道：“你们驾驶的飞机是 F×× 吧？（编号我忘记了）——没错——那么燃料还有两小时，该机的油箱是非标准油箱。必须飞往锡兹内罗斯。”

就这样，职业的种种需要改造并丰富了世界。要让定期航行的飞行员在自古以来的景观中发现新的意义，并不一定需要现在这里的夜晚。比如即使在乘客眼中是无聊、单调的窗外风光，对于机组人员来说，已经具有别的意义。即使是挡住地平线的云块，对于机组人员来说，也已经不只是背景，已经直接与他的肌肉关联，向他们发出挑战。他已经在考虑，在权衡，一种真正的语言把他们联系在一起。这是一座山峰，离得还很远，它将露出怎样的面目呢？若是在月光下正常飞行时，那会成为很好的目标。但如果飞行员是在盲目飞行时，而且是在修正偏航有困难时，或者正在对自己的位置有疑问时，那座山顶就会变成爆炸物，让整个夜晚充满危险，就像隐在水中的一枚水雷，随波逐流，让整片大海都危机四伏。

海洋也同样千变万化。在飞机上单纯的乘客眼中，他们看不到暴风雨。由于是从非常高的高度观察，所以完全看不出波浪的高度，结冰的海面上有大片的白色浮冰，展露着裂痕与纹路。只有机组人员才明白，这意味着无法在海面上迫降。大海对于飞行员来说，就像一条有毒的河流。

即使那天的飞行很顺利，在航线上的飞行员也绝对不会欣赏窗外一路上的风景。大地和天空的色彩、海上的风的足迹、日暮时分的金色的云，他绝对不会称赞那些东西，它们只能引起他的沉思。就跟巡视自己的耕地的农夫从各种征兆看出春天的临近、晚霜的威胁、雨势的大小相同，职业飞行员也能看出雪的征兆、雾霭的征兆、幸福的夜晚的征兆。只有掌握了这些信息，在遇到大自然的挑战时，才能从容应对，让飞机服从自己的指挥。飞机在暴风雨组成的法庭面前，需要面对的是山峰、海洋、雷电这三个神，要从他们手中争夺自己的邮件。

第二章　同事

1

梅摩斯和几个同事一起开辟了从卡萨布兰卡到达喀尔，穿越桀骜不驯的撒哈拉沙漠的法国航线。当时的发动机十分不耐用，在一次故障中，梅摩斯落到了当地的摩尔人手中。他们对屠杀梅摩斯犹豫不决，在俘虏了梅摩斯 15 天后，卖掉了他。一回来，梅摩斯就立刻重返在同一领域上的邮政飞行岗位。

开辟南美航线时，总是担任前锋的梅摩斯被委派调查布宜诺斯艾利斯和圣地亚哥之间的航线，在架设跨越撒哈拉沙漠的桥后，这次奉命架设跨越安第斯山脉的桥。别人给他的飞机设定的上升限度是 5200 米，然而安第斯山脉中的许多高峰，都达到了 7000 米。在这样的条件下，梅摩斯以找出逃生通道为目的起飞。在征服沙漠以后，梅摩斯向山峰发出挑战。层峦叠嶂的山峰上风雪肆虐，那风暴来临前的一片雪白，那位于两面岩石组成的峭壁之间剧烈的颠簸，要求飞行员冒着生命危险拼死斗争。梅摩斯完全不知道对手的实力，就去向这种决斗挑战，他甚至不知道从这样的“拥抱”中，人是否能够活着回来。梅摩斯是为了别人而“尝试”。

终于有一天，一再“尝试”后，他发现自己被安第斯山脉捕捉住了。

紧急降落在 4000 米高，周围断崖绝壁环绕的一个盆地上，他和他的工程师整整两天都在尝试寻找逃生之路。没有逃生之路，于是他们只能尝试最后的机会，驾驶飞机向深谷俯冲。

飞机在凹凸不平的地面上剧烈翻滚，惊险万分地滑向悬崖边缘，然后栽了下去。飞机下降的过程中，终于达到了一定的速度，又服从人的操纵了。梅摩斯把飞机朝一座高峰开去，抵达那里。由于水从被前一晚的寒气冻结破裂的水管流出，所以飞行 7 分钟后，飞机立刻陷入无法操纵的状态，这时，他们发现脚下是智利平原，就像看到了天堂。

第二天，他又起飞了。

当安第斯山脉的探险结束，飞行技术成熟后，梅摩斯就把这一段航程交给他的同事吉约梅，自己转而去探索夜航了。

当时公司的机场尚没有照明设备，所以暗夜当中，降落在机场上时，梅摩斯的正前方只摆着三盏小小的汽油灯。

即使这样，他还是完成了夜间航线的开发。

夜晚被驯服后，梅摩斯尝试征服海洋。早在 1931 年，图卢兹和布宜诺斯艾利斯之间，就以从未有过的四天的速度运送邮件。回程时，梅摩斯飞越南大西洋时输油管发生故障，跌落在浪高风大的海上。幸亏路过的轮船把他、邮件和机组人员救起。

就这样，梅摩斯征服了高山、夜晚和海洋。他不止一次落进沙中、山中、夜中、海中，但每次归来，都是为了再度出发。

值勤 12 年后，同样是在南大西洋飞行途中，他最后传来“后部右发动机停止”的简单报告，随即陷入了沉寂。

这份报告完全看不出有一丝不安。但是 10 分钟的沉默之后，巴黎到布宜诺斯艾利斯航线的所有无线电基地都在懊恼中保持着警戒。日常生活中10分钟的迟到带来的影响不像邮政飞行中的那样重大。在这个可能预见死亡的时间中，包含着某个不可知的事件。或许那是没有意义的小事件，也或许是非常不幸的事件。无论如何，在那之后事件应该已经有所进展。命运应该已经下了判决，而且这个判决不能上诉。某只钢铁之手，如果不是驱赶机组人员平安落水，就是予以毁灭，两者必有其一。但是那个判决文书，直到最后，都没有显示给等待的人看。

我们之间应该不会有人没有感受过越来越渺茫的希望，有如致命的疾病一般，一分钟比一分钟恶化的那个沉默吧？我们等待着。最后时间悄然流逝，变得无可挽回。不久后，我们就非得接受这个事实不可：他们——我们的同事，永远不会回来了，他们已经安息在曾多次在其上空耕耘过的南大西洋。梅摩斯肯定是功成身退了，就像收割小麦的人，把麦束仔细捆好之后，躺倒在田野上。

一个同事以这样的方式死去时，这个死甚至也被认为是职务上的秩序造成的行为之一。所以他的死，开始时，或许并没有像一般的死那样令人伤心。没错，在最后一次航线调动后，他就已经不跟我们在一起了。他的消失，对于我们来说，感觉并没有如面包吃完了那般深刻。

这是因为我们平常就习惯长久等待彼此的相逢，也因为航线的同事全都有如巴黎到智利的圣地亚哥彼此很少谈话的哨兵那样四处分散工作的缘故。要让这个职位上的大家族各自独立生活的人员在什么地方碰面，除了等待旅途上的偶然，别无他法。在卡萨布兰卡、在达喀尔、在布宜诺斯艾利斯，某一个晚上，大家围坐在一张桌子旁边，经过多年的音信中断后，继续上次没有说完的话，互相诉说古老的回忆，随后再度出发。正因为如此，地球对我们来说，是既荒凉又富饶的。富饶的是这些秘密的、隐秘的、幽深的花园，但是总有一天，工作会让我们故地重游。或许我们的生活让同事们远离我们，没有给予我们把心思放在他们身上的充分时间，但他们一定在什么地方，在不知是哪里的地方保持着沉默，虽然被遗忘，但却又极为亲密！即使这样，如果我们穿过他们的道路，他们就会显示出火焰般的喜悦，摇晃我们的肩膀！当然我们已经养成永远都在等待的习惯……

渐渐地，我们察觉到某人的快活笑声，我们再也听不到了，那个庭院对我们永远关闭起来。对于我们来说，这个时候才是真正悼念的开始。虽然不是撕裂般的悲伤，但还是觉得有点儿苦涩。

任何事物都不可能取代死去的同事旧友，任何事物都比不上那共同的回忆、患难与共的深情、反复发生的矛盾与和解，以及让人怦然心动的宝物的珍贵。这种友情是很难有第二次的。种下橡树，想立刻就在树荫下憩息，那是不可能的。

这就是人生。开始时，我们首先充实自己。多年以来，我们一直在种树，然而时间很快就把这个工作瓦解，将树砍倒的时期来临了。同事们一个接一个从我们身边被带走，我们的追悼中有着不为人知的对老年的悲叹。

这是梅摩斯和其他人带给我们的教训。一项职业的伟大，或许首先就在于它能让人与人亲和这一点。真正的奢侈只有一个，那就是人与人的关系。

只为追求物质上的财富而工作，那是在筑起自己的牢狱。这些过眼云烟的财富并不能提供任何值得我们为之生活的东西，只会让我们孤立自我。

我在自己的回忆中寻找难忘的人与事，以及列举一生中最重要的时刻时，找出来的都是金钱也无法购买的东西。像梅摩斯这样的人的友情，以及因互相扶持度过艰难而永久缔结起来的同事友谊，这是永远也无法用金钱购买的。

那飞行之夜、那千万颗星星、那清净的心情、那短暂的绝对力量，都是金钱所买不到的。

艰巨的飞行之后，世界的新气象——树木、花朵、女人、微笑，这一切不是给我们在黎明时分才索取回来的生命添上鲜嫩的色彩吗？这些琐碎事物的合奏回报了我们的辛劳，并且那也不是能够用金钱购得的。

还有，我现在回忆起的在抵抗区内度过的那一夜，也是不能用金钱买到的。

我们是黄昏时分在里奥德奥罗海岸迫降的邮政航空公司所属的三组机组人员。同事里克尔首先因连接杆故障迫降。另一个同事布尔加看到了，为了把同事飞机上的机组人员收容在自己的飞机上，也降落了，可是临时的故障把他也钉在地上了。最后是我降落。可是当我加入时，天已经开始暗下来。我们决定救助布尔加的飞机。为了完全修复，我们决定等待天亮。

一年前，在同一地方迫降的同事格尔和埃拉布尔两人，被抵抗部落杀害了。我们知道，今天恰巧也有一群持有三百支枪的盗贼藏在波杰德尔附近。即使是从远方也应该可以看到我们的三次降落，我们的到来或许已经惊动了他们。所以我们整夜未眠，这也许是我们最后一次守夜了。

我们开始为夜晚做准备，从货舱中搬出五六个装有商品的箱子，腾空，并排成圆形，然后在每一个箱子的最里面，各点一支小蜡烛，烛火怕风，颤巍巍地摇曳不定。就这样，在沙漠的正中央，在地球赤裸裸的质地上，在如世界初创般的气息当中，我们建起了几个人的部落。

在这个部落的广场上，在为我们的空箱子投下颤抖亮光的这个沙漠的碎片上，我们围聚在一起，彻夜等候。我们等候着的也许是会救出我们的天亮，也许是摩尔人的攻击。我不知道是什么赋予了那一夜圣诞节般的情趣。我们互相诉说回忆，互相调侃，还唱歌。

我们感受到与精心准备好的节目所赋予的那种喜悦同样的气氛。实际上，我们是处在极端的贫困中：风、沙和星星。这简直是苦修会式的严酷。然而在这个沙的阴暗桌布上，在这个大地上，除纯粹的回忆外已经一无所有的六七个男子，却在分享着无形的财富。

这个时候，我们的邂逅才变得完美。漫长的岁月中，人虽然并肩在同一条路上走着，但却各自封闭在自己的沉默中，即使有交谈，也是没有任何感动的话语。但是一旦面对危险，人就会抱成一团。人会发现，原来大家属于同一个家庭。通过发现别人的心，让自己变得丰富。大家安详地笑着，像是恢复了自由的囚犯，面对着大海的无涯，不由得心驰神往。

2

吉约梅，现在我打算稍微谈一谈你。不过请放心，因为对于你的勇气，以及你职业上的本事，我并不打算俗气地、纠缠不休地去写，让你感到不好意思。在诉说你无数的冒险中最了不起的事迹时，我想要表达的，是别的不同的事情。

有一种品质，目前还找不到适当的名称。或许应该叫“慎重”，但是这个称呼也还是不够充分。因为这个品质伴随着世界上最和气的快活。那是一个木匠怀着平等的心情，面对自己的木材，摩挲木材，测量尺寸，不把这个工作当成无关紧要的事情，而是将自己全部的力气都倾注在木材上的那种心情。

吉约梅，我曾经读过赞扬你的冒险的报道，之后想要修正离这个真相很远的形象的想法，就成为我长久以来的愿望。在那篇报道中，人们看到你说些伽弗洛什[①]式的俏皮话，好像在危险中，面对死亡的那一刹那，勇气就表现在降低身份、开些中学生式的玩笑似的。写那篇报道的人，并不了解你。吉约梅，你是那种在向自己的敌人挑战时，觉得没有必要嘲笑对方的人。面对肆虐的

①伽弗洛什，雨果长篇小说《悲惨世界》中的一个顽皮又可爱的儿童形象。

暴风雨时，你判断说“这是暴虐的暴风雨”。然后你挺身正面去应对，跟它较量。

吉约梅，我在此以我的回忆来为你做证。

那是一个冬天，在飞越安第斯山脉的时候，你失踪了50小时。我从阿根廷的巴塔哥尼亚终点站回来，在门多萨与飞行员德雷会合。我们两个人驾驶着两架飞机在崇山峻岭中搜寻了整整五天，依然一无所获。只靠两架飞机是根本不够的，在我看来，就是出动一百架飞机，花上一百年的时间不断飞来飞去，要找遍这个高达7000米高峰的巨大山岳地带，也是不可能的。我们已经失去了一切希望。就连那些走私犯，那些为了五法郎就敢犯罪的山贼都不肯加入援救队伍，“那是要送命的，”他们对我们说，“冬天进入安第斯山脉，就别想活着出来了。”德雷和我在圣地亚哥降落后，就连智利陆军士官都建议我们停止搜索，坚持说：“现在是冬天，你们的同事即使坠落时还活着，也不可能挺过夜晚的寒气。因为那些高山，只要夜晚一把人笼罩起来，人就立刻变成冰。”总之，再度飞出去，钻入安第斯山脉那巨大的墙和柱之间时，事实上，我并没有搜索你的感觉，而是在守护着你那静卧在冰雪砌成的大教堂里的遗体。

最后，到了第七天，利用一次降落和起飞的空档，在门多萨的一家餐厅吃午餐时，有个人打开入口的门大声叫喊。那只是短短一句话：“吉约梅还活着！”

于是在那里的不管是不是认识你的人，都互相拥抱起来。

10分钟后，我搭载鲁费维尔和阿布里两位工程师起飞。40分钟后，我沿着一条公路降落，我也不知道是根据什么东西，认出了把你送往圣·拉斐尔的什么地方去的汽车。那真是美得无法言喻的邂逅。我们都哭了。我们把活着的你、复活的你、成为奇迹创造者的你，紧紧地拥抱在怀里。那时候，你开口说话了，那是你第一句可以听清楚的话语，那是身为值得赞赏的人的矜持话语，你说："我敢断定，我所做的事，任何动物都不可能做到。"

之后你告诉我们遇难时的情景。

一场持续了 48 小时的暴风雪，封锁了整个空间，使智利境内的安第斯山山坡上积满了 5 米厚的雪。泛美航空公司的美国飞行员已经半路折回。你却仍在继续飞行，想在空中找出一条通道。你在稍微偏南的方向发现了它，但这却是一个险境。你爬升至 6500 米的高度，6000 米以下全被乌云笼罩住了，只有几座高峰露出云端，你驾驶飞机朝阿根廷方向飞去。

下降气流有时候会莫名其妙地使飞行员心里发毛。明明发动机转得非常顺畅，机身却在往下降。你将操纵杆往上拉，维持着一定的高度。结果机身失去速度，变得软绵绵的，但机身依然继续下降。这时又怕爬升过高而放松了操纵杆，听任飞机随风飘摇，忽左忽右，你借助背后的山峰做跳板，接受风的推动，但是飞机依然在往下沉，好像整个天空都坠落下来似的。在那样的时候，人会觉得自己像被卷进宇宙的大变动中，已经找不到避难所了。中途折回也是徒劳的，身后再也找不到那样的区域——空气像一根石柱似的坚固充实，可以支撑飞机。再也没有石柱了，一切都在分崩离析。在这一场天翻地覆的毁灭中，你朝着乌云滑去，云层慢慢浮起，升到你的眼前，吞没了你。

“我已经几乎动弹不得，但我还没有放弃希望，”你这样说，“在看起来似乎很安定的云上还有下降气流。原因是云在相同高度的点上，无穷无尽地涌现出来。事实上，高山的上空，一切都是异常的……”

多么奇怪的云呀……

“一旦被云笼罩住，我除了立刻松开操纵杆，没有别的办法，我必须紧紧抓住座椅，以免被抛出机外。飞机摇晃得非常厉害，安全带勒紧我的肩膀，就快绷断了。另外，结冰极为严重，机身找不到平衡，测量器上一层霜花，什么也看不到。我就这样像被风吹跑的帽子似的，从6000米上空被打落到3500米的空中去了。

“到了3500米时，我隐约看到黑色的块状物，那物体呈水平状伸展开来。这让我得以重新驾驶飞机。我发现那是以前早就熟悉的钻石湖。我知道这片湖水位于一个漏斗状的悬崖底部。漏斗壁的一边是曼普火山，海拔有6900米。虽然终于从云中逃离出来，但我还是因密度很浓的暴风雪而看不清楚方向。要不是认准了湖泊，我肯定会撞毁在悬崖上。于是我在湖泊上空30米的高度盘旋，直到燃料耗尽。兜了两小时的圈子后，我终于颠簸地降落。从机身一爬出来，暴风雪立刻把我吹倒了。当我重新站起来时，暴风雪又把我掀倒。我只好钻进机身下方，尽可能在雪中挖出藏身的洞穴。我用邮件袋围在身体四周，足足等了48小时。

“随后暴风雪平息。我开始走起来。我走了五天四夜。”

吉约梅，你还剩下什么呢？我们确实又见到你了，但是你浑身硬邦邦的，瘦得像个老太婆！当天晚上，我用飞机把你送到门多萨，你的身体裹在白色的床单里，像是涂上了一层油膏。但是这些床单并不能治愈你的创伤。你不知如何处置那筋疲力尽的肉体。你在床上辗转反侧，始终不能入睡。你的身体忘不了岩石也忘不了雪，你的身上留着这两种东西的印记。我望着你黝黑浮肿的脸孔，像一个磕碰得斑斑驳驳的熟透的果子。你很丑，可怜巴巴的，你赖以工作的灵巧的工具已经失去了作用，你的双手蜷缩成一团，有时为了喘气，你坐在床沿，冻伤的双脚如死了一般软弱无力地垂下来。你甚至还未结束你的苦难之旅，你依然呼吸困难，躺在枕头上寻求安宁，可是一连串无法克制的幻影，不耐烦地钻入你的脑海中。它们列队前进，你进行了 20 次战斗，击退这些不断侵入的敌人。

我为你斟了汤药。

“喝吧！”

“你知道吗……最叫我吃惊的是……”

你像胜利归来的拳击手，但是遍体鳞伤。你把那奇异的冒险重温了一遍。你断断续续地说出了你的遭遇。你在叙述那些往事时，我仿佛看见你一路走着，没有爬山杖，没有绳索，没有食物，在零下 40 摄氏度的严寒里，不是攀缘着 4500 米高的山峰，就是沿着悬崖峭壁缓缓前行，手脚和膝盖沾满了血迹。你的血逐渐流干了，力气耗尽，神智也开始模糊。你像蚂蚁那样顽强地走着，遇到障碍就折回绕过去，不容许自己有片刻歇息，因为一停下来，或许就躺在雪的创伤里再也起不来了。

事实上，跌倒时必须立刻爬起来，否则就会被冻成石头。寒冷使你的身体一秒一秒地变得僵硬，跌倒以后，多贪图一分钟的休息，就必须重新活动已经僵死的肌肉才能再次起身。

你抵抗住了一切诱惑。你说："在雪中，人会完全丧失味觉的本能。一连走上两天、三天、四天，人就只渴望睡眠。我也很想睡。但是我对自己说：'如果我的妻子认为我还活着，一定相信我在走着。我的同事也一定相信我在走着。大家都信任我。而我却没有走着的话，我就是一个浑蛋。'"

你继续走着，每天用刀尖一点儿一点儿慢慢割开鞋面，好让冻伤肿胀的脚好受一点儿。

你也告诉了我一个奇特的秘密：

"老实说，从第二天起，我最大的努力，就是不要让自己去想事情。我实在太痛苦了，并且我的处境又是那么令人绝望。要拥有走下去的勇气，就不能去想它。麻烦的是，我无法如自己所想的那样去控制自己。大脑就像蒸汽火车头般在起作用，只不过我还能为大脑选择目标事物。我让自己的大脑去集中回想以前读过的书、以前看过的电影。于是那些电影那些书，以非常快的速度闪过我的脑海。不久，那些事物又把我带回到现在的状态。每次都是这样。于是我又让自己回忆别的东西。"

有一次，你滑倒了，直挺挺地俯卧在雪地上，再不想起来了。你就像吃了强劲的一拳而失去一切热情的拳击手那样，在异样的世界中，直到无可挽回的第十秒为止，听到一秒又一秒，一个又一个地掉落下去。

“我已经尽了最大的努力，没有获救的希望。既然这样，为什么要让这个痛苦一直持续下去？”要为自己的世界带来和平，你只要闭上眼睛就够了，可以让岩石、冰块和雪块，从整个世界消失得一干二净。只要将这个值得感谢的眼皮稍微闭上，只要那样，打击、跌倒、撕裂的肌肉、严重的冻伤，对像公牛那样不断走去的身躯、比花车还要笨重的生命重荷来说，一切都会消失。你已经开始品尝这个成为毒药的寒气，这个现在如吗啡般，把快感充满你全身的寒气。你的生命逃避到心脏一带。有某种既爽快又贵重的东西，盘踞在你的心中。知觉已渐渐达不到远离心脏的部位，躯体一直是饱尝痛苦的一团肉，已变得像大理石般冰冷。

甚至你的顾虑也消失了。我们的呼唤再也传不到你的耳边，或者更确切地说，在你听来就像梦中的呼唤。在梦中，你幸福地答应着，大步流星地走来，梦轻轻松松就为你开启了极乐世界的大门，你悠然地坠入了对于你来说是那么甜蜜的世界。吉约梅，你真吝啬，竟然忍心拒绝回到我们身边。

潜意识里，你开始自责。在梦中，突然掺杂进一些清晰的琐事。“我想到我的妻子，我的保险金可以使她免于贫困。可是保险金……”

人失踪时，法律规定四年后才会被认定为死亡。这件小事在你眼前一亮，打消了其他所有的遐想。当时，你正趴在一个积雪的山坡上。夏天一到，你的尸体就会随着泥块滚入安第斯山的千沟万壑中去。你清楚这一点。你也知道，在你前方 50 米处就有一块凸起的岩石。“我想，如果我站起来，我或许可以走到那里。如果我把身体贴着岩石，到了夏天他们就可以找到我。”

一旦起身，你又继续走了三天两夜。

但是你没想走多远：

“从各种迹象看，可以知道我的死期已近。迹象之一是：通常每隔两小时我就必须停下脚步，这是为了将鞋子一点儿一点儿割开拉大，或者用雪搓肿胀的脚，或者只是为了让心脏得到休息。可是到了最后一两天，我失去了记忆。察觉到我的脑海中射进亮光来时，已经是开始走起来许久之后。每次我休息时一定会遗落什么东西。第一次是一只手套！天气是这样冷，这个失误未免太严重了！我解下手套摆在自己面前，结果没有捡起来就走了。接着是手表，然后是小刀，之后是罗盘。每次休息，我的贫困就加剧了……

“获救就是要踏出一步，再一步。重复这相同的一步……”

“我敢断定，我所做的事情，任何动物都不可能做到。”这句话是我所知道的话语当中最高贵的。将人放在应有的位置，赋予荣誉，决定真正的阶级的这句话，一再重返我的记忆中。你终于睡着了。你的意识现在停止了，但是你的意识在这个受伤、萎靡、冻烂的肉体醒来的同时复苏了，又想要控制这个肉体。那时候，肉体只不过是一种精巧的道具，只不过形同仆人罢了。吉约梅，你用如下的话语表达了这个精巧道具的骄傲：

“由于没有食物，所以一连走上三天，我的心脏变得衰弱不堪……想必你也知道。太可怕了！当时我正沿着一个陡峭的山坡往上爬，身子悬在半空，挖出一些洞好支撑我的手，心脏竟然一下子停住了，犹豫片刻后又继续跳动起来，跳得非常混乱。要是心脏再犹豫一秒钟，我大概就会把手放开。我动也不动，一直倾听着自己心脏的跳动。你知道吗？即使是驾驶飞机，我也没有像那样紧抱住自己的发动机不放过。在那数分钟里，我才终于知道自己有多么依赖心脏。我向心脏呼叫：加油，再加把劲儿……幸好那是很好的心脏！即使犹豫，也一定还会动起来……我多么以这颗心脏为傲，你是不会知道的！”

在门多萨我看护你的那间病房里，不久你就呼吸急促地入睡了。我心里想着：如果别人称赞你的勇气，你大概只会耸耸肩膀。但若是别人称赞你的谦虚，那就是出卖你。你置身于那样平凡的美德彼岸。勇气受到称赞时你会耸耸肩，那是你的聪明让你那样做的。你知道不管什么人，一旦卷进事件中，就绝对不会害怕。人害怕的只有不可知的事情。但即使是不可知，对面向不可知挑战的人来说，那已经不是不可知，特别是人聪明地慎重地去观察不可知时。而吉约梅的勇气，全都是你行事端正的结果。

那并不是你真正的品质。你的伟大在于感受到自己的责任，对自己、对邮件、对期待着的同事的责任。你的手中掌握着他们的欣喜，也掌握着他们的悲叹。你对在四处活着的人之间不断建设起来的东西负有责任。协助建设这样的关系是你的义务。在你的职责范围内，多少对人类的命运负有责任。

你是慷慨的人，愿意用自身茂密的枝叶去荫蔽广阔的大地。生而为人，就要有责任感：看到好像和自己无关的惨案也会觉得羞耻，对同事们取得的胜利感到自豪，会感觉自己在为建设世界做贡献。

世人总是喜欢将这种人跟斗牛士和赌徒混为一谈。世人宣扬他们不怕死。但是我不认为不怕死有什么了不起。如果那个死没有深深植根于自己接受的责任观念，那只不过是空洞的表现、极度的血气方刚罢了。以前我认识一个年轻的自杀者，他陷入等爱的苦恼中，最终朝自己的心脏打进了一发子弹。我已经不再记得了。我也不知道他是受到怎样的文学诱惑，让他在那手上戴上雪白手套的。我只能回想起面对这个无情的炫耀，我并没有获得高贵的印象，事实上留下的是悲惨的印象。因为在这张可爱的脸庞后面，在这个人的头颅里，除了一个傻姑娘的身影，空无一物。

与这个空洞的命运对照，我想起一个人真正的死。那是一个园丁的死。他对我说："老爷……我也有挖土的艰辛。脚因风湿而疼痛时，我也会诅咒这项奴隶的工作。可是最近我却想一直挖土。挖土对我来说是很舒服的，一挖土，我就感到轻松。而且如果我不做，谁会来照顾我的树木呢？"他认为如果自己不做的话，一块田就会变成荒地。他认为若是自己不耕种的话，整个地球就会变成荒地。他经由爱，跟所有的土地、跟地上所有的树木相连。他在为了自己的创造反抗死，在不断战斗的过程里，他是仁者、智者、王者，和吉约梅一样，他是真正的勇者。

第三章　飞机

吉约梅，你毫不介意把你工作的日日夜夜消磨在监督气压表的升降、保持陀螺仪的平衡、诊断发动机的气息、肩负15吨金属的重担上。你所遇到的问题，归根结底也是人的问题。你一下子就沾染了山里人的高贵气质，像诗人一样，懂得欣赏黎明的来临。你在磨难重重的黑暗深渊，曾经多少次渴望着这束苍白光线的出现，渴望着这片光明在东方茫茫的土地上冉冉升起，还有那神奇的泉水，有几次在你以为末日将近的时候，慢慢地融化，把你救了过来。

你并没有因为驱使精巧的机械而变成一个枯燥无味的技术者。我认为对现代技术过度进步心怀恐惧的人们，似乎将目的和手段混为一谈。只冀求物质上的财富的人，无法掌控任何对生活有价值的事物，这的确是事实，但机械本身绝对不是目的。飞机也不是目的，跟锄头一样，是一个工具。

我们之所以会认为今天的机械在破坏人类，或许是因为我们经历的变革过于迅速，还不能对其效果从容地做出判断。和20万年的人类史相比，区区100年的机器史又算得了什么呢？我们才刚开始在矿山、电站的景色中安家落户，我们才刚开始迁入这幢还没来得及竣工的房子。人与人相互的关系、劳动的条件、风俗习惯，一切都在我们周围急速变化。我们的心理在最深的根基上受到了冲击。要是说离别、距离、回归的概念还存在的话，那它们蕴含的意思也今非昔比了。我们还在使用昨日世界创造的语言来理解今天的世界。之所以认为过去的生活更适合人类的性情，也只是因为过去的生活和我们使用的语言更为吻合罢了。

每一个进步，都把我们从逐渐养成的习惯中赶出去。所以事实上，我们只是一些还没有建立家园的移民。

我们全都是还没有开化的年轻人，看到自己创造的新玩具还是惊讶不已。我们的飞机竞争也不具有除此以外的别的意义。那架飞机飞得更高，这架飞机飞得更快。我们已经遗忘了为什么要让飞机航行。目前，竞争本身比竞争的目的更受重视。这在任何情况下都相同。对于不断建设殖民国家的殖民者来说，生命的意义就是征服，即士兵瞧不起拓荒者。但是这个征服的目的，最后难道不是使这个拓荒者在那个地方安居下来吗？因此在科技进步的热潮中，我们号召人们去修建铁路，建设工厂，钻探油井。我们总是会忘记，我们进行这些建设就是为了让它服务于人类。我们在进行征服时的道德准则，是士兵的道德准则。但是现在，我们需要进行开垦，要把这幢尚未成形的房子建设得充满生机。真理，对于一些人来说就是盖房子，对于其他人来说就是在里面居住。

我们的这个家也会变得越来越有人情味。即使是机械，其本身越是得到改进，它就藏在它的功用后面越发不起眼。人类在工业上付出的一切努力，所有的计算，面对图表时的通宵熬夜，只为对外表现简单的主题。要给一根圆柱、一根龙骨，以及一架飞机机身，赋予女人乳房、肩膀般曲线的纯粹，需要累积许多代的经验。研究室里的工程师、制图工、计算师的工作就是磨光和消除接缝的痕迹，维持机翼的平衡，直到它不显得突兀，不再像是插在飞机上的翅翼，而是脱胎换骨，和机身融为一体，浑然天成，像一首诗一样曼妙。完美并不在于增无可增，而在于减无可减。几经演变，机器终于变得不着痕迹。

创造的极致就是不露斧凿痕迹。同样，在仪器中，所有看得见的机械设置都逐渐消失，我们接受的物体就像被大海抛光的鹅卵石一样浑然天成。它的可贵之处就在于，在被使用的时候，它能渐渐让我们忘记那是一台机器。

以前我们驾驶飞机就像操作复杂的工具一般。今天，我们甚至忘了发动机在转动。就像心脏是跳动的，但我们一点儿也不去注意自己的心脏，发动机到了今天才终于完全自主转动。我们的注意力，可以不必受我们的工具干扰。在工具的彼岸，我们通过工具找出自古以来的自然，找出园丁的、航海者的，以及诗人的那个自然。

飞行员在飞出去的那一瞬间，接触到的就是水，是空气。当发动机旋转后，飞机已经在海面上滑行，激浪拍打在机壳上发出巨大的声响。飞行员扭动腰身，继续着自己的工作。随着这架水上飞机速度的增加，飞行员慢慢感觉到这架飞机的力量。他感觉到这 15 吨重的金属已经准备完毕，可以展翅高飞了。飞行员双手抓住操纵杆，他的掌心渐渐感觉到一种天赐的力量。随后他接受了这种力量，操纵杆的金属部件就成了他力量的使者。力量充足时，飞行员便以一个比摘果子还要灵活的动作，使飞机掠水而起，飞腾在天空中。

第四章　飞机与地球

1

飞机虽然是机器，但又是多么微妙的分析工具呀！这个工具可以让我们发现大地真正的相貌。回想起来，道路这种东西，好几个世纪以来，一直在欺骗我们。事实上，我们就像那个民间故事中的国王那样。国王想要知道人民对他的统治是否满意，希望能够拜访他们。朝臣欺骗国王，在国王经过的道路两旁，营造出快乐的背景，雇人在背景前跳舞。除了这根细细的导线，国王对自己国家的任何事物都毫不知情，完全不知道偏远农村中不断饿死的百姓对他怀着怨愤。

与此相仿，长久以来，我们一直沿着弯弯曲曲的道路前行。道路总是避开不毛之地、石头多的贫瘠地和沙漠通往远方。道路这种东西总是让人随心所欲，从这个泓泉水往那个泓泉水去。道路这种东西是把农夫从他们的谷仓带往麦田，在畜栏门口，收下仍然沉睡的牲畜，把这些牲畜倾倒进黎明亮光中的苜蓿里去的。道路这种东西，是联络这个村子和那个村子的，因为那两个村子之间，人是彼此通婚的。即使道路中的一条是通向沙漠的，道路也总是会前绕后弯，沿着绿洲迂回。

我们被旅途中这样曲折的道路欺骗，经过沿途看到的许多充分灌溉的土地、果园、牧草原。长期以来，我们一直将自己的牢狱美化。我们始终以为这个地球是湿润、温柔的。

然而我们的视力变得犀利，我们的进步很是残酷。由于飞机，我们知道了直线向前。起飞的同时，我们抛弃了想从养殖场到畜栏、想从这个城市闲逛到另一个城市去的道路。丢弃往昔令人缅怀的奴隶身份，从对不可缺少的泉水的追逐中解放出来，我们向着远方的目标飞去。于是我们第一次从直线航道俯视地表，发现地表大部分是岩石、沙原和盐的聚集，偶尔出现在那里的生命，只不过像残留在废墟中仅有的青苔般，疏疏落落地散布着罢了。

这时我们变成了物理学家、生物学家，观察着这些文明，这些文明点缀着河谷，有时，这些文明像气候宜人的花园那样欣欣向荣。现在，我们是从宇宙的高度来衡量人类，通过我们的舷窗，就像透过科研仪器一样。现在，我们可以重温我们的历史。

2

朝麦哲伦海峡飞去的飞行员，在加勒戈斯河稍南一带，飞在古老的岩浆流上方。岩浆喷发物堆积在平原上，有 20 米厚。接着飞行员遇到第二道岩浆流，第三道岩浆流，之后他发现地表的每一个土包——高 200 米的山坡上都有一个火山口。这可远远比不上骄傲的维苏威火山，它们只不过是摆放在平原上的火炮口罢了。

但是今天已经恢复平静。在现在这个被遗忘掉的景色中，回想起当时一千座火山互相呼应喷出火来，地下轰隆声此起彼伏的光景，人会为现在的这个平静感到吃惊。如今人们飞越的只是一片镶嵌着黑色冰川的依然沉寂的大地。

但是在更远的地方，那些更古老的火山已经披上了一片金黄色的枯草。间或有一棵树在沟渠里长出来，就像种在古盆里的花卉，在落日的余晖中，短草丛生的平原像花园一样灿烂繁盛，透着生命的气息。这里一马平川，仅在巨大的火山口周围有些微微凸起。一只兔子冲出来，一只鸟飞起来，这颗星星上终于又堆积起肥土细粉，所以生命又重新生出，开始占有地表。

最后，在抵达芬塔·亚勒纳斯前不远的地方，最后的火山口高高隆起。均匀的草地沿着火山的蜿蜒起伏生长着。这样一来，火山只剩下温情。每一道裂缝，都被叫作草地的柔软麻线缝补起来。地面平坦，山坡缓和，使得看的人忘了那原来是火山。草地将山丘侧腹那触目惊心的伤痕抹消了。

前方就是世界最南端的城市芬塔·亚勒纳斯。在原始的岩浆和南冰洋的冰之间，这个城市依赖着些许且短暂的泥土存在着。由于非常靠近那个喷火口，所以能越发明确地感受到人类的奇迹。多么不可思议的邂逅呀！谁也不知道这个旅人，为什么要来探访这座受到伪装的庭院、这座危险的庭院。能够安心住在那里的时间，只限于地质学上的一个时代，在许多日子当中，受到祝福的只有短短一天的时间。

我在黄昏的静谧中降落。芬塔·亚勒纳斯呀！我背倚着一处泉水，凝神注视着一群少女。像这样离她们只有两三步远时，我越发深刻地感受到人类的神秘性。在一个生命非常从容地和生命邂逅，花与花在风中相拥，一只天鹅和其他所有天鹅相识的世界中，只有人类不断筑起自己的孤独。

把人与人心的通路封闭起来的这个空间是多么巨大呀！从一个少女的心突然离我远去看来，我怎么能够去接近她呢？对于一个静静移动脚步，垂下眼皮，对着自己微笑，并且做出婀娜的姿态，返回自己家里去的少女，我能够知道什么呢？她以一个情人的思念、声音和沉默，成功地为自己筑起一个王国来。于是从那个时候开始，除了他以外的所有的男人，对于她来说，都不过是野蛮人罢了。既然栖息在别的星星中，她在我看来，就像是把自己关在自己的秘密、习惯和快乐记忆的回音中似的。明明昨天才刚从火山中、草地中，以及海的盐水中诞生出来，她却已经成为半个神了。

芬塔·亚勒纳斯呀！我倚着一处泉水。老婆婆们到那里去汲水。对于她们一生的悲剧，除了现在这个身为奴婢的举止，我应该什么都不知道才对。一个少年头倚着墙壁，不出声地啜泣着。在我的回忆中，关于他，除了是一个难以安慰的少年，应该什么也没有留下来。我是异乡人，我什么也不知道。我不可能进入他们的帝国。

舞台上演出的人类的喜怒哀乐的动作是多么虚幻呀！刚刚在迸溅尚未完全止息的岩浆上临时安居下来，立刻就受到下次爆发的沙、雪的威猛胁迫的人类，要从哪里拥有对那永恒的憧憬呢？从火山、新的海、沙尘暴能够将文明灭亡看来，他们的文明，难道不也只是脆弱的镀金吗？

芬塔·亚勒纳斯市乍看之下，似乎跟勃斯相同，是建立在真正的土壤上的。人们忘了生命在这里和在其他地方一样，是一种奢侈；忘了人类脚下踩踏的土地，没有一处是深厚的。但是我知道在离芬塔·亚勒纳斯10公里远的地方，存在着可以让这个事实显现在眼前的沼泽。那个被瘦小树木和低矮房子环绕，腼腆得有如农家院子里的水洼般的沼泽，也不知道基于什么理由，受到了潮水涨退的影响。也就是这个沼泽日夜持续那缓慢的呼吸，被岸边的芦苇，以及游戏的孩子们极其平静的现实环绕，然而服从的却是别的戒律。平坦的表面下方、不动的冰下方、唯一被弃置的小船下方，月亮的能量在发挥作用，海的移动，在这个黑块底层起作用。在这块被花草覆盖的薄薄的地层下，进行着奇异的消化运动，蔓延四周，直到麦哲伦海峡。人们来到这片人类的大地上定居，以为自己找到了家园，殊不知城门口的这个百米见方的水塘，却是和海洋一脉相连的。

3

我们住在一个流浪的星球上。由于飞机的关系，那颗星球不时让我们看到它本来的面貌：一个和月亮有关的水塘泄露了它们之间隐秘的亲缘关系。不过我还知道其他一些迹象。

在朱比角和锡兹内罗斯之间，沿着撒哈拉沙漠海岸飞行，可以看到稀稀落落的圆锥形山丘，大小各不相同，小的约有百步，大的长达 30 公里。但是标高每个都相同，都是 300 米。当然不只高度相同，那些山丘的颜色、泥土的颗粒和悬崖的形状都是一致的。像一座陷落的庙宇，那些尚露在沙地上的柱子，见证了台基塌陷的遗迹。同样，这些孤独的矗立着的柱子也见证了这里从前是一片广袤的高原。

刚开设卡萨布兰卡和达喀尔之间的定期航线时，飞机的设备还很脆弱，所以又是迫降，又是搜索，又是救援，我们经常不得已地在抵抗区迫降。但是沙这种东西最会说谎。要是一时疏忽以为是硬的，就会掉落进去。如果以前是盐田的地方，看起来几乎有柏油路面那么硬，用脚跟去踩，也会发出厚实的声音，然而有时候却因机轮的重量深陷进去。而白盐疮痂破裂后，下面就是黑色沼泽地的恶臭。正因为如此，所以只要情况允许，我们会选择刚才说的那些沙丘的平坦表面降落。因为那里，绝对不会隐藏陷阱。

这个保证完全要归功于颗粒粗大、有抵抗力的沙。仔细看的话，会发现那是无数细贝壳堆积形成的。那些贝壳在山丘表面保持原来的形状，但是沿着一道棱线下去，可以看到贝壳逐渐成为粉状互相凝固在一起。在堆积的最古老部分，即山丘的山麓处，贝壳已经成为纯粹的石灰质。

这是发生在同事勒纳和塞尔二人被抵抗部落掳走成为俘虏时的事情，为了将一个摩尔人使者放下去而在这些山丘之一降落的我，在留下他离去之前，和他一起去寻找哪里有他可以下去的地方。可是我们所在的这个位置，不管从哪个方向望去，都是描绘着有如呢绒褶皱的陡峭的悬崖，从那里逃出去是绝对不可能的。

即使知道这个情况，要起飞去另外寻找降落地之前，我还是觉得依依不舍。或许我也是感受到了要在这个从来没有被兽类和人类玷污过的土地上留下自己脚印的孩子气的喜悦。没有一个摩尔人可以进攻这座堡垒。任何欧洲人都应该还没有到这个地区探险过。我所踩的、站立的是纯粹的处女沙。把这个贝壳的尘埃有如贵重的黄金般从左手移到右手，再从右手移到左手发出晶亮光芒的，我是第一人。我是第一个扰乱这里的沉默的人。在从世界创造之初就从来没有长过一棵草的这个有如北极冰山般的东西上方，我是风吹送过来的一粒种子，是最初的生命证明。

已经有一颗星星这么快就开始发亮。我凝视着那颗星星，心里想着：这个纯白的地表，是几千万年以来只献在群星面前，在清澈的天空下展开来的没有一个污点的桌布。那时候，我在这块桌布上，在离自己脚边约 20 米的地方，看到一块黑色的石头，就像有什么大发现似的，心脏感受到一阵冲击。

我站在高高堆起的有 300 米厚的贝壳上。这大量的堆积物本身成为确凿的证据，仿佛在否定：这样的地方是不可能存在石头的。这里地下很深的地方，作为地球缓慢消化作用的结果，或许也存在着硅石，但是无论如何，究竟是怎样的奇迹，把那石头拿到这样新的表面来的呢？怀着一颗怦怦乱跳的心，我把那个自己发现的东西捡起。只见那是一块黑色的、呈眼泪形、如金属般重、拳头大小的石头。

苹果树下摊开来的桌布上，只有苹果会掉下来。星星下方摊开来的桌布上，只有星星的细粉会掉下来。但是以前的任何陨石，一定都没有像我捡起的这一颗这样，把其本性显示得这样明确。

我极其自然地仰起头思考着：必须有更多其他的苹果从这棵天上的苹果树上掉下来，而且我应该可以在其坠落下来的位置找到那颗苹果。因为数千万年以来，应该没有人会让任何东西改变其位置。并且那个东西绝对不会跟其他的物质搞混。这样一想，我马上开始调查自己假设的真实性。

假设获得证实。我大概以一公顷一个的比例捡到陨石。形状全都是凝结的岩浆，全都是黑色钻石的硬度。我就这样站在这个星星的雨量计上，将千万年压缩成一刹那，眺望着这场悠久的火的大雨。

4

但是这里最值得惊叹的，还是在地球的圆背上，存在着站在有磁力的桌布和星星之间的人类的意识，这场星雨，就像映照在镜子里那样，在那意识中映照出来。在累积的矿物上，梦是奇迹的一种。也不知道是不是那个缘由，现在我回想起一个梦……

这也是别的时候发生的事情：迫降在沙很厚的地方，我等待天亮。金色的沙丘，月光洒下来，半明半暗，黑白分明。由阴影和月光形成的这个没有人影的船台上，由工作结束后的阒寂，以及陷阱的沉默君临着。我在那当中沉沉睡去。

醒来后，除了那个夜空的水盘，我什么也没有看，因为我是在一座山丘的顶点，双臂环抱胸前，脸朝向那个星星的养鱼池横躺着。还没有察觉出自己眼前的这个深度究竟是什么，我就感受到一阵晕眩。这个深度和我之间，既没有可以支撑身体的树根，也不可能有一个屋顶、一根树枝，所以不知不觉间我失去倚靠之处，任凭身体有如潜水的人般坠落下去。

尽管如此，我并没有掉下去。从头顶到脚尖，我发现自己被捆绑在地球上。把自己的重量交给地球的这个事实让我感到一种安慰。地心引力给我的感觉就像恋爱那样强而有力。

我觉得地球似乎抵住了我的腰，支撑住我，举起我来，把我向夜晚的空间送去。我发现自己紧紧贴着这个地球，如同驾驶飞机拐弯，往全身压过来的那个重量，我体会到和这个厚实肩膀搭配的感受——那种扎实感、那种安全感。并且我在自己的身体下方，感受到自己所搭乘的船——地球浑圆的甲板。

由于我是那样清楚地意识到自己的身体在被不断运走，所以即使听到做好准备要从地底使出力量来的呻吟声、返回港口的帆船的呻吟声、受到逆风搓揉的小船所发出的又尖锐又长的叫声，也不会吃惊。但厚厚的大地继续保持沉默。然而这个重量让我感受到肩膀很和谐地被支撑，感觉永远不会改变似的。我清楚地觉得自己是住在这个介于天与地间的王国里，就像死去的囚犯的尸体被加上重物沉在海水中。

我思索自己的处境——在沙漠中迷路，受到叛徒袭击的威胁，在沙和星星之间，赤裸裸的，被太多的沉默和自己的生活中心隔开。因为我知道如果飞机没有找到我，如果摩尔人明天没有屠杀我，要抵达那个中心，我大概要度过许多日、星期和月。像现在这样在这里的我，是在世界中一无所有的我。我只不过是在沙和星星之间迷失了方向，除了些许呼吸的舒适感，什么也不去感觉的一个人类罢了……

然而仔细一想，这才发现我的心中充满梦想。

梦想有如泉水般，没有发出声息地到我这里来，开始时并没有发觉让自己满足的这个舒适感究竟是什么。那里既没有声音也没有身影，但是有着似乎有人在走动的迹象，有着感觉非常贴近的友情。随后我察觉到了闭上眼睛把自己委身给记忆的乐趣。

也不知道是在哪里，有一座长着茂密的黑松和菩提树的花园。花园里，有我心爱的家。那个家所在的地方离这里是远还是近，以及那个家有没有温暖和保护现在的我的肉体的力量，一点儿都不重要。那个家的存在只是要在这里接受梦想的角色，我的思念一整夜都被那个家填满。由于有这个家，所以我的处境就已经不是坠落在沙滩上的可怜肉体了。我非常清楚，我是这个家的孩子，家里有着各种各样的回忆：这个家的味道，充满我的心；这个家走廊上的清爽，充满我的心；这个家的各种声音，也充满我的心。就连池中青蛙的歌声，也一直追逐我到这里来。为了认识自己，为了知道这个沙漠的气味是从怎样的虚无中营造出来的，为了从这个甚至没有鸣叫的青蛙、集一千个沉默于一体的沉默中找出一个意义，我必须有各式各样的符号。

是的，我已经不栖宿于沙和星星之间了，环视四周，我只收到了冰冷的传言。先前我对相信是经过这个景观而来的永恒所怀的憧憬，现在我才找到源头。我的眼前浮现出家中那个庄严的大柜子。那些柜子的门扉后面，露出堆积如山、像雪一般白的床单，以及堆积如山、涂了蜡的雪白桌布。年老的女管家总是从这个柜子到那个柜子，重复检查、摊开、叠好、清点洗干净的内衣裤数目，每发现一个威胁到这个家永恒性的磨损征兆，就叫着“哎哟！怎么办呢？真是糟糕呀”，犹如老鼠般跑来跑去。她在油灯下红着眼睛，织补那些祭坛布的图案，或者不断补缀巨大得几乎要让人以为是三根桅杆的帆的白布，也不知道是为远比自己伟大的神而做，还是要让船使用。

是的！我有义务要至少为你写一页。我结束第一次的空中之旅返家时，老小姐呀！我找到了你。找到了一只手拿着针，被堆成山的白布埋到膝盖那里的你；皱纹一年比一年增加，白发也一年比一年增加，但那双手依然为了我们的睡眠，准备没有折缝的床单的你；为灯火辉煌的节日盛宴，准备没有缝线的桌布的你。我到放亚麻布的房间去找你。我在你面前坐下来。为了让你感动，为了让你的眼睛向世界睁开，为了笼络你，我诉说自己克服了死的危险。你说我不管到几岁都没有丝毫改变；说我从小时候起，就经常把衬衫弄出破洞来。——啊，这是多么不幸呀！——而且我经常把膝盖擦破，然后回家来包扎绷带，就像今天晚上这样。不对，不对，我这次并不是从院子那边回来，我是从世界的尽头回来，所以我的身体渗透进苦涩的孤独气味，我见过沙尘暴的炽热旋涡，带回来了热带地方让人眼睛为之一亮的月光！于是你这样说：反正男孩子总喜欢四处跑来跑去，做困难的事情来相信自己是很厉害的。不对，不对，老小姐呀！我看到了比后院更远的地方呢！后院的草丛阴影什么的，根本就不值得一提，那种东西跟那里的沙漠、岩山、处女林和大沼泽比起来，根本就一文不值。老小姐呀！你知道吗？这个世间有人与人一相遇，立刻就枪口相向的地方。你知道吗？在几乎要把人冻僵了的寒冷夜晚，有没有屋顶，也没有床铺和床单，必须就那样躺下来睡觉的沙漠……

于是你叫着说：“天哪！野蛮人。”

就像教会修女的信念是无法改变的那样，我也无法改变这个老小姐的信念。我怜悯把她变成盲哑的那个贫瘠的命运……

然而在撒哈拉沙漠的一夜，在星星与沙之间，赤裸裸地孤身一人时，我深切体会到她是正确的。

我不知道自己体内有什么在不断发生。尽管许多星星都有引力，这个倦怠感把我跟大地结合在一起。另一个倦怠感，把我带回去给自己。我感觉到自己把自己的身体朝许多事物拉去的重量！我的梦想比那个沙丘、比那个月亮、比这里有的各种东西，都更加现实。啊！家的可贵，既不在于可以让我们住，也不在于可以使我们暖和，也不是因为那墙壁是为我们所拥有，而是因为不知不觉中，它会在我们的心中，积蓄无数温柔的感受。因为它会在人的内心深处，让我们的遐想如泉水般涓涓流淌。

撒哈拉沙漠呀，我的撒哈拉沙漠呀，看，你不是因为一个在转动纺车的老小姐的缘故，而整个变得有如在梦中般吧？

第五章　绿洲

我已经说了很多有关沙漠的事情，但是在把沙漠说得更多之前，我想先谈谈那个绿洲。现在在我心中浮现身影的那个绿洲并非远在撒哈拉沙漠深处。飞机的另一个奇迹就是会一下子将人带进神秘事件的正中央。在飞机上，人从窗口看下去，犹如生物学家般，看着名叫都市的人类蚁巢。人以平和的心情看着平原正中央呈星星状展开的、像动脉那样运送田园养分的道路交叉口的市街。但是高度计的指针摇晃一下，下方那片遥远的绿色森林就变成了整个世界。人成为沉睡在庭院的一个草坪囚犯。

测量隔阂的并非距离。我们国家的庭院围墙，可能比中国的万里长城隐藏的秘密更多，而一个小女孩的灵魂，经过沉默，比起由几百里的沙保护的撒哈拉深处的绿洲，有可能受到更多保护。

我想诉说自己经历过的在世界某个地方的短暂停留。事实上，那是阿根廷的一个名叫康科迪亚的地方，但别的什么地方也可以，因为神秘遍布所有的地方。

我在一处原野降落，我完全没有想到自己从现在起要活在童话中。不管是载着我向前奔驰的这辆老型福特，还是收留我的这对稳重的夫妻，都看不出有什么与众不同。

“今晚请在我们家过夜……”

然而道路一转弯，突然出现一片沐浴在月光中的树林，以及这栋位于这些树后面的房子。这是多么奇妙的房子呀，矮却结实，简直就像城堡似的。这座传说中的城堡，给人的感觉是似乎一穿过门廊，立刻就会提供如修道院般和平、踏实、安稳的临时住宿处。

这时两个姑娘出现了。她们就像站在禁止进入的王国入口处的两个法官似的，以严厉的眼神凝视着我。年轻的那个鼓起脸颊，手执绿色木棍敲着地面。介绍完毕后，两人摆出奇妙的挑战态度，一言不发地伸出手给我握，接着就消失了。

我感到既有趣又奇怪。一切都很单纯、静悄悄的，就像一个秘密的开始。

父亲简单地这样说："两个都是野丫头！"

我们进入屋子。

我曾经对巴拉圭首都的铺路石之间露出的那些讽刺的草叶感兴趣。那是虽然眼睛看不到但却明显存在的处女林的部下，是来刺探消息的，看看人类是否依然占领着城市，看看那些铺路石全都被挖掉的时节是否还没有到来。我很喜欢这个除了多得出奇的丰饶什么也没有表达的颓废形式。但是现在进入这栋房子一看，让我佩服不已。

因为这里一切都颓废，而且非常壮观，犹如覆满苍苔的老树由于年代久远而龟裂；就像从十几个世代前起，情人们就已坐在那里的木头长椅上似的；地板磨损，门板蛀蚀，椅脚弯曲。只不过这里虽然完全没有修补，但却被打扫得非常干净，一切都被打磨得发出清洁的亮光。

也因此，客厅的表面如满脸皱巴巴的老太婆似的，带着异常的紧张气氛。墙壁的龟裂和天花板的隙缝全都让我叹为观止，其中地板更是让我敬佩不已。虽然地板这里有破洞，那里像船的舷梯那样摇摇晃晃，也还是被打磨得晶亮发光。真是奇妙的房子。完全感觉不出自暴自弃和慵懒苟且，只会让人产生异常的敬意。或许每年的崭新东西，只会不断给这个家中的气氛、表情的复杂性、友谊的热忱，以及从沙龙到餐厅去的路增加危险。

“小心！”

那是一个洞，家里的人提醒我，他们说那样大的洞让我摔断一条腿是很容易的。这个洞不是谁的责任，这是时间做出来的。这个洞有着王者般的风范，打从心底瞧不起一切推托之词的气质。家里的人没有对我说：“要修补这样的洞非常简单，不过……”也没有说——虽然这是事实——“签了 30 年契约向市政府租了这栋房子。所以整修应由市政府负责，只不过双方都非常顽固……”家里的人没有果断说明。这种落落大方让我感到非常高兴。家里的人只是对我简单地说：“的确有点儿荒芜……”

口吻极为轻松，让我认为这些人并不怎么把这些放在心上。不妨想想看，若是泥水匠、木匠、家具工和油漆工组成的队伍，带着最亵渎的工具，闯进像这样的过去中，不到一星期，就把这个家改造成你完全不认识的、别人家的样子，那将会是怎样的情景？那难道不会成为完全没有神秘性，也没有脚下的圈套和地板下的陷阱——这样和市政府的接待室有什么不同？

在这个魔术般的家中，姑娘们当然会消失。这个家中阁楼里的储藏室不知道将会如何吸引人，因为客厅里已经显不出储藏室的丰富性。就连打开柜子，也都有可能会飞出发黄的信、曾祖父时代的成捆收据，以及比家里全部的锁都还要多的钥匙，而且每一把钥匙都和锁不配。这真是美妙的无用的钥匙，让人的理性慌乱，梦想着地窖、藏在那里的小柜子，以及里面的金币的钥匙。

“到餐桌那里去吧！”

我们在餐桌前坐下来，不管在哪个房间里，都可以闻到线香般飘逸的古老书库的气味，比全世界所有的香料都还要芬芳。提着油灯走路更是让我高兴。那都是沉甸甸的真正的油灯，像我遥远的少年时代，他们把油灯从每个房间提来提去，每次墙上都有美妙的影子在晃动。他们在那影子中隐约显现光的花束和黑色的棕榈叶。最后油灯的位置确定下来，光的沙滩冷静下来，夜在周围细心服侍，传来地板的吱呀声。

两个姑娘像刚才消失时那样，神秘地、悄悄地出现。她们矜持地入座。也许刚才她们是在喂自己的狗和小鸟，把自己的房间朝晴朗的夜空敞开，在晚风中享受草木的香气。现在她们摊开餐巾，用眼角监视着我，谨慎地思考着：要不要把我加进她们的宠物当中。因为她们养着一只大蜥蜴、一只獴、一只狐狸、一只猴子，甚至还养了蜜蜂。这些动物很和睦地住在一起，营造出新的地上乐园。她们统治地上一切的生物，用小小的手爱抚它们，喂它们食物，喂它们水，说故事给它们听。从獴到蜜蜂，全都乖乖地不动，竖耳倾听。

我料想会看到两个如此年轻活泼的姑娘，使上她们全部的批判精神和细致敏锐来对眼前这个男子给出一个快速、秘密和决定性的评价。在我的少年时期，我的姐姐们也是像这样给在自己家里的餐桌上第一次出现的客人打分数。大人的会话一中断，立刻就会听到打破沉默的声音：“十一分！”

而且除了姐姐们和我，谁也感受不到这句话的乐趣。

正因为我有这个游戏的经验，所以感到些许不安。正因为感觉到审判我的是有眼光的法官，所以我越发感到不安起来，因为这一定是熟知一切的法官：既能够分辨动物，也能够欺骗天真的动物；可以从脚步声看出她们的狐狸心情是好是坏，也能判读人心中的变化。

事实上，我非常喜欢她们那琢磨过的好眼力，以及她们那非常诚实的小小灵魂，但即使这样，若是她们的心能够移到别的游戏上去的话，我不知道会有多么高兴呢！尽管如此，我还是由于害怕“十一分”，为她们递上调味的食盐，给她们斟葡萄酒。而且每次抬起眼睛，我都能找到身为难以收买的法官的她们的温柔的矜持。

即使奉承也是徒劳，因为她们不知道什么是虚荣。她们虽不虚荣，却自视甚高，所以说什么奉承话听在她们耳朵里都不算是夸张的恭维。我甚至没有说明自己的职业以显示伟大。因为对平常只是检视巢中的雏鸟羽毛是否长齐，向窗户下经过的朋友说早安让对方吃惊的她们来说，爬到七叶木顶端的枝丫上去，就已经如同在天空中翱翔一样危险了。

我的两个仙女就这样一言不发，一直注视着我用餐，由于频频遇到她们偷看我的视线，我不知不觉闭上了嘴巴。因此沉默持续了片刻。在这沉默期间，地板上似乎传来不知是什么的轻轻口哨声，餐桌下发出窸窣声，随即又沉默了。我吃惊地扬起双眼。于是她们似乎很满足试验的结果，只不过打算使用最后的试金石。她们用年轻、野性的牙齿咬着面包，那个妹妹若无其事，似乎存着天真的念头。如果我是为此而吃惊的野蛮人，她就打算要好好吓我一下，说明道："那是蝮蛇。"

随后她就闭嘴不说话了，简直就像在说，只要不是傻瓜，这样的说明应该已经够了。她的姐姐投出有如闪电般的一瞥，要判定我的第一个动作，并且两人都把世界上最温柔、诚实的脸，对着盘子。

"哦……蝮蛇吗……"

这几个字非常自然地从我的口中飞出来。从我的裤裆之间滑过去，掠过我的小腿的是真正的蝮蛇……

幸好我粲然一笑，微笑毫无顾虑地露出来。她们似乎感觉到了。我微笑着，很快乐，我越来越喜欢这个家，并且对那条蝮蛇想知道得更多。那个姐姐助了我一臂之力：

"餐桌下的洞里有窝。"

"到了晚上 11 点左右，它们就会从外面回来。白天都出门觅食。"

这次换我悄悄凝视她们的脸。那娴静的脸庞后方，隐藏着慧敏和无言的安详。她们所具备的出色特质让我衷心佩服……

今天我犹如做梦般回想起来，这些事情现在也变成遥远的往昔。那两个不同寻常的女孩儿，后来怎样了呢？或许结婚了。如果是那样的话，她们是否变了呢？从姑娘变成女人是非常重大的事情。在新的家中，她们在做什么呢？她们以杂草和蛇为对象的友情，变成怎样了呢？那时候她们参与的似乎是某种宇宙的事物。然而有一天，女人的本性在这些姑娘身上苏醒，于是一再想得十九分。十九分成为内心深处的重荷，这时候出现了一个傻子。于是她们那样敏锐的眼力，出生以来第一次看错，把美丽的亮光投给那个傻子。如果那个傻子口中吟诗，她们一定立刻会以为他是诗人。相信他理解到处都是洞的地板，认定他会爱獴，以为他会为蝮蛇在餐桌下自己的两脚之间抖动尾巴的不见外感到高兴。然后把自己那天然的花园般的心，给予只能爱人工收拾得整整齐齐的花园的他。就这样，那个傻子把仙女变成奴隶带去生活。

第六章　沙漠中

1

我们作为撒哈拉沙漠天空中飞翔的飞行员，从这座岗哨飞往另一座岗哨，成为沙漠的俘虏，一连几个星期、几个月，甚至几年都要不间断地工作，不能返回祖国，像乐趣、柔情什么的，是完全不存在的。这里的沙漠根本没有类似的绿洲，更别说花园、少女之类的了，这里除了是荒唐的传说，什么也不是！当然不用说也知道，不久之后，我们结束勤务返回到那个可以继续过着原来生活的遥远国家，那里有上千个姑娘在等着我们。在那里，在她们的蛇、獴与书本之间，她们的灵魂出落得越发甜美，人也变得越来越迷人……

但是我知道孤独的滋味。在沙漠生活的那三年，我经常感觉到人们一点儿也不会为在矿物式的风景中消耗自己的青春而感到惧怕或慌乱，反倒是感觉在离自己很远的地方，整个世界在老去。树木结出果实，土地让麦子发芽，女孩儿都已是妙龄，然而季节在前进，必须得赶快回去……然而季节在前进，自己却被留在很遥远的地方……地上的财宝就像沙丘上的沙，从指间滑落。

通常，人们不会感觉到时间的流逝，因为他们暂时生活在和平中。但当我们这些飞行员在抵达目的地的途中，不断前进的风的重量压在我们身上时，是可以感觉到时间的流逝的。那时候我们像极了坐在充满车轴转动声响的夜间快车的乘客，借着车窗外出现又消失的一小撮灯光，只能看出周围一带田园的光辉、村庄的身影、明媚的风光。旅行中的人是无法掌握那些景致的。我们也一样，脑袋有点儿昏昏沉沉，虽然已经在安静的机场降落，但耳朵依然因飞行的声音而响个不停，感觉还在飞机上。我们也依然能感觉到在风声中跳动的心脏，不断地被带向不可预知的未来。

除了沙漠，还有敌对者的领域。朱比角岗哨的夜晚，每隔 15 分钟，时钟由敲响的铜锣声精细地刻画出来。岗哨兵一个接一个地发出洪亮的口令，互相提示，保持警戒。朱比角的西班牙堡垒，虽然孤立在抵抗区的内陆深处，但还是以这种方式，保护自己不受威胁或侵犯。而作为坐在这艘迷失方向的船只上的我们，倾听着这个口令一声接一声地扩散开来，像是有海鸟在我们上方飞翔。

然而，我们还是爱沙漠的。

乍看之下，沙漠或许只不过是空虚和沉默罢了，那是因为沙漠尚未委身给交往时日尚浅的情人。就算是我们国家平凡的村子也是如此，如果我们不为它放弃世界残存的一切，如果我们不了解那个村子的传统、风俗习惯和竞争，那么我们就不会了解那个村子为什么是某些人心中的故乡。更简单地说，在我们身边，如果有一个关闭在自己的修道房中，遵循着我们所不知道的规律而活着的人，那他就生活在犹如西藏深处的孤独里，以及任何飞机也无法把我们带去的隔绝中。去看他的修道房又有何用？看到的也只是空荡荡的。而人类的帝国是在心中。同样，沙漠也绝对不是由沙、杜瓦勒格族和武装的摩尔人组成的……

但是今天我们知道什么是干渴了。于是就在今天，我们发现这口我们熟识的井在茫茫沙漠里熠熠生辉。这如同一个看不见身影的女人给家里带来欢乐是一样的。而这个井就像爱一样，能传递到远方。

开始时，沙漠没有人影。但在不久后的一天，我们害怕贼匪来袭，想在沙地上判读出他们所穿的长斗篷留下的痕迹。于是贼匪也改变了沙漠。

我们遵守这个叫作沙漠的地方的运动规则。现在这个运动正在用自己的面貌雕琢我们。撒哈拉沙漠，它在我们身上得以显现其面貌。接近沙漠并不是去拜访绿洲，而是把一泓泉水变成我们的宗教。

2

从第一次去的时候开始，我就知道沙漠的滋味。那时候里克尔、吉约梅和我三人，被迫降在努瓦克肖特岗哨附近。当时毛里塔尼亚这个小驻扎地，比汪洋大海上的孤岛更远离人类的生活。一个老中士和十五名塞内加尔士兵，一起被困在这里生活。当我们来了之后，他像欢迎天上的使者一样欢迎我们。

“啊！能够跟你们说话，真是太高兴了，真是太高兴了……”

的确，他哭了，显然非常高兴。

“六个月以来，你们是第一批出现的人。粮食每六个月送来一次。有时候是中尉来，有时候是上尉来。上次来的是上尉。”

我们还一脸茫然。从准备好早餐、蜉蝣飞舞的达喀尔只来了两小时，人的命运就改变了。我们为哭泣的老中士扮演着鬼魂的角色。

“请尽情享用吧，能够为你们端上葡萄酒，真是太高兴了！上次上尉来的时候，我没有葡萄酒可以招待他。”

我把这件事情写在了一本书中，但那并不是虚构的故事。老中士对我们说：“那时候甚至没能干杯……我觉得真是太丢脸了，所以请求调职！”

干杯！和从骆驼背上跳下来、大汗淋漓的朋友干杯。咣当一声，杯子相碰！六个月以来，他就是为了这个瞬间而活着的。一个月以前，大家就已经在保养武器，而且从地下室到阁楼，全都被擦得闪亮发光。几天来，感到那喜庆的日子越来越近了，人们就站在哨所的平台上，毫不松懈地监视着地平线，等待着阿塔尔的移动部队扬起灰尘靠近……

没想到竟然没有葡萄酒可以庆祝，不能干杯。他觉得自己像做了不光荣的事情般……

“我希望他早一点儿来。我在等着……”

“中士，那个上尉现在在哪儿呢？”

这时候，中士指着广大的沙漠说：“不知道在哪儿，上尉一直都行踪不定！”

在岗哨的瞭望台上聊着星星度过的那一夜也是真有其事。除了星星，没有任何东西可以欣赏。跟在飞机上看到的一样，所有的星星都原封不动地在那儿。

在飞行时，若是夜晚过于美丽，人们就会沉醉其中，而忘记操作飞机。飞机机身就会一点儿一点儿向左倾斜。当我们在右翼下方看到一个村子时，却还是相信飞机是水平飞行的。但沙漠中不可能有村子。那是在海上捕鱼的船群吗？但是撒哈拉的外海上，不可能有捕鱼船。既然这样，那是什么呢？飞行员这才发现自己的错误，微微一笑，静静地恢复了机身。于是那个村子回到了应有的位置。人把那个不小心掉下来的星座挂回到原来的画框里。那是村子？是的，星星的村子。这是空中的情景，而从岗哨的顶端往下看，只能见到冻僵般的沙漠与纹丝不动的沙浪。星座好端端地挂在空中。中士说的也是关于星星的事情：

"是的，我对方位很熟……那颗星星就是突尼斯的方向。"

"突尼斯是你的故乡吗？"

"不是！是我表妹的。"

他深深地沉默着，但任何事情都无法隐瞒我们。

"总有一天，我一定会到突尼斯去。"

那时候他走的是另一条路，而不是对准那颗星星的那条路。除非在远征途中，依赖的井枯竭会让他变得疯狂。那时，那颗星星、那个表妹和突尼斯，应该都会掺杂在一起。那时他才会开始笔直朝星星的方向走，仿佛受了上天的启示，开始凡人眼里痛苦的征程。

"有一次，我曾经向上尉请假到突尼斯去看表妹。上尉说……"

"上尉怎么说？"

"上尉说全世界到处都有表妹，还是近的方便，所以就把我派到了达喀尔来。"

"你的表妹漂亮吗？"

"突尼斯的吗？那是当然的。数一数二的金发美人。"

"不，我说的是达喀尔的那个。"

"啊！那是个黑人……"

中士呀！听到带着些许怨恨和寂寞的这个回答，我们真想紧紧拥抱你。

中士呀！对于你来说，撒哈拉沙漠是什么呢？那是永远对着你不断走来的神，那也是在5000公里的沙漠的那一边的金发表妹的温柔。

对于我们来说，沙漠是什么呢？是在我们心中产生的东西，是我们对自己的看法。于是，那天晚上，我们也对一个表妹、一个上尉充满了爱慕……

3

位于尚未征服的领土边境，努瓦迪布并不是城市，那里有的只是岗哨、机库，以及让我们公司的工作人员使用的临时营房。周围的沙漠是那样不可冒犯，所以尽管努瓦迪布的军事设施脆弱不堪，但也还是固若金汤。若要攻击这里，首先必须通过沙与火焰的防地，等贼匪到达这里时，已经精疲力竭，饮用水也已经耗尽。即使这样，从可以回忆起的古代开始，在不知什么地方的北边，也还是不断有朝着努瓦迪布进击的贼匪。每次担任指挥官的上尉来喝茶，都会摊开地图给我们讲述贼匪的前进路线，而他就像在讲述一个美丽公主的传说。只不过这些贼匪，犹如被吸进沙漠中的水，一次也没有抵达过。于是我们把他们叫作“幽灵贼匪”。晚上时，我们会把政府提供给我们的手榴弹和步枪子弹放在床下的箱子里睡觉。就这样，我们首先受到了贫困保护，没有必要跟寂静以外的敌人战斗。所以机场负责人卢卡斯日夜都开着电唱机。唱片从遥远的那一边，说着让人快忘记的语言，奇妙地唤起了人们类似干渴的那种没有目标的淡淡寂寥。

今晚我们在岗哨享受美食。担任指挥官的上尉自豪地让我们参观了他的庭院。事实上，那是上尉从法国收到的飞行了 4000 公里来到这里的装着真正泥土的货物箱。绿叶发出三片芽来，我们用指尖抚摸着，上尉说起那绿叶好像在说宝石似的，他说“这是我的花园”。当吹起会让一切东西变干燥的热沙风时，人们就急忙把这个花园收进地窖里。

我们住在离岗哨一公里的地方，所以用过晚餐后，披着月光走了回去。沙漠在月光下是粉红色的。我们深切地感受到自己是多么一贫如洗，但沙漠是粉红色的。就在此时，岗哨的叫声唤回了沙漠的萧瑟。整个撒哈拉都在畏惧我们的身影，都在盘问着我们，因为有一群贼匪，正在不断地靠近这里。

岗哨的叫声在沙漠中回响。现在沙漠已不是一座空房子，因为摩尔人的商队在招引着夜晚。

或许我们可以相信身体是安全的，但却不尽然！疾病、受伤、贼匪……有这么多的威胁在接近我们！人类是隐形射手在大地上的靶子。而塞内加尔的哨兵，犹如先知般，让我们想起了这件事情。

我们回答：“法国人。”于是就从那个黑天使面前过去了。于是我们的呼吸变得轻松起来。这个在我们心中的威胁使我们变得崇高！虽然那个威胁还在非常遥远的地方，悠闲从容，但经过沙漠的软化，世界已经变得截然不同。这个沙漠再度庄严起来。而让它变得神圣的原因是贼匪永远也不可能抵达这里。

现在是夜里 11 点，卢卡斯从无线电台回来，向我报告说有一架达喀尔来的邮政机会在夜里 12 点抵达。机上一切顺利。0 点 10 分，邮件就被转运到我的飞机上，而我将朝着北方起飞。在缺边的镜子前面，我小心翼翼地剃着胡须，在脖子上缠着毛巾，不时眺望着门口，看向那赤裸裸的沙漠：天气晴朗，风平静下来。我回到镜子前面，心里想着：一连吹了几个月的风静止下来了，有时候它会把整个空气搅乱。于是我开始做准备，把信号灯、高度计和铅笔系在腰带上，到今晚担任我的通信员的聂利那儿去。他也像我一样在刮胡子。我出声叫他："身体好吗？"目前，身体当然很好，因为准备工作是飞行中最快乐的部分。忽然，我听到"滋"的一声，原来是蜉蝣撞上了我的油灯。但不知为什么，我觉得心脏隐隐作痛。

我再次走到外面眺望，一切都显得清澈澄净。机场附近的绝壁就像天亮了一般，清晰地浮现在半空中。井然有序的房子沉默地排列在沙漠的上方。这次有一只绿色的蝴蝶在飞舞，两只蜉蝣撞上了我的油灯。于是我又受到了模糊情绪的袭击。那或许是喜悦，或许是不安。总之，可以确定的是，那来自我的内心深处，才刚刚萌芽，有些模糊不清，像有人在远方对我说话。或许出于本能，我又到外面去看了看：风完全平息了，天气依然凉飕飕的，但我提前得知了。我猜想，我觉得自己似乎知道了等着我的东西，但或者是我弄错了呢？天空和沙漠都没有给我任何信息，对我说话的只有两只蜉蝣和一只绿色的蝴蝶。

我登上一座沙丘，面向东方坐下来。如果我没有弄错，"那个"应该马上就会到来。这样的地方——离深处的绿洲有100公里以上，蜉蝣来这里做什么呢？

沙滩上的源流物，成为台风在外海肆虐的证物。同样，这些昆虫告诉我热沙的风暴、从东边来的风暴、把那只绿色的蝴蝶从远方的椰子林赶出来的风暴，正在不断地接近。飞沫已经飞向我这里。东风吹了起来，很庄严，那是隐藏风暴的证据，是重大的威胁。那隐隐约约的气息，还只是轻微碰触到我而已。我是波浪吞噬的最后界限。在离我 20 米的后方，没有一顶帐篷在摇动。而炙热的疼痛，唯一一次像死神的抚摸包围了我。但我清楚地知道，在那之后的几秒间，撒哈拉会吸进气息，吐出第二口气息来。然后 3 分钟内，我们机库的通风管会开始动起来。然后不到 10 分钟，沙土就会飞向整个天空。再过一会儿，我们就会在沙漠吐出的火焰中起飞。

但现在让我动心的并不是沙漠。现在让我充满喜悦的，是自己凭借蛛丝马迹就能理解天地间的秘密语言；是自己像原始人那样，把一些细小的动静当作未来的预告；是自己能从一只蜉蝣的振翅去判读出天地之怒的这一点。

4

在那里，我们曾经跟不归顺的摩尔人交涉过。他们从禁地潜出，那些区域只有我们的飞机飞行时才能经过他们的领空。他们也是偶尔来朱比角或锡兹内罗斯的岗哨买砂糖和茶叶，随后又隐没在他们的神秘地带。当他们来这儿时，我们曾试图捕捉他们当中的数人予以驯服。

如果遇到有分量的头领，我们就会取得公司首脑的同意，带他们搭乘飞机去外面看看世界，这是为了打击他们的骄傲。屠杀俘虏并不是因为憎恨，而是因为轻蔑。如果我们在岗哨的边界遇到，他们甚至没有轻蔑对待我们，只是把脸转开吐口水。他们对自己的实力有着过度的自信，那是因为他们沉迷于自己的力量。一旦 300 支步枪的部队做好战斗准备，他们当中的许多人就会一再对我说：“你们住在这个走路要走 100 天的法国真是幸运……”

就因为这样，我们让他们搭乘飞机参观。当中的三人，参观了他们所不熟悉的法国。当他们陪伴我前往塞内加尔第一次看到树木时，感动得放声大哭，但他们就是那一类人。

当我去他们的帐篷拜访时，他们正在不断称赞那个有裸体美女在花朵间跳舞的音乐厅。简单地说，这些人连树木、泉水、蔷薇花都没有见过。他们年老的首领们，最近为了这个陷入了深思。看着自己帐篷周围一片沙海的撒哈拉，直到他们死去也只是提供了一些微弱的快乐后，便开始向我们倾诉心事：

“总觉得比起摩尔人的神对摩尔人的亲切来，似乎法国人的神对法国人要更亲切！”

在那两三个星期前，他们被带到萨瓦省参观。导游把他们带到巨大的瀑布前，那瀑布像一根编制起来的大柱子，发出咆哮如雷的声响。导游对他们说：“舔舔看。”

舔了之后才知道那是淡水。水啊！在这个沙漠中，去最近的井都得走上好几天呢。即使终于找到那口井，也还得花上好几个钟头的时间去挖掘井口的沙子，直到掺杂着骆驼尿的烂泥出来为止！水！不管是朱比角，还是锡兹内罗斯，或者是努瓦迪布，摩尔人的孩子从不乞讨钱，他们只是手执空罐头瓶要水：

“给一点儿水嘛！一点点就好……”

“行行好吧。”

像金子般珍贵的水，只要一滴，就可以从沙中诱出绿色的嫩芽。哪里下雨，人们就会大迁徙到哪里，这让撒哈拉充满了活力。许多部落前往距离他们300公里远的前方，向着不久就会发芽的区域走去……这个水对于努瓦迪布非常吝啬，10年来一滴雨也没有下过。而在这个国家，却像从无底的井吐出全世界的储水那样，怒吼般地倾泻下来。他们的导游说：“到那边去吧！”

但他们一动也不动。

“让我们多待会儿……”

他们默不作声，很严肃，一言不发，注视着这个盛大的神秘的地方。从眼前的山腹中迸溅出来的是生命，是人类的血液。这里一分钟流出来的水量，足以让许多商队复活。现在神在这里显示出身影来，许多渴得发疯、狂乱地跳进海市蜃楼和盐湖而丧生的商队，为什么要背对他而去呢？现在神打开了闸门，显示出他的力量：三个摩尔人，纹丝不动地站在那里。

“看多久也还是一样吧？我们走吧……”

“请再等等。”

“等等，看什么？”

“看水流完。”

他们打算等下去，等神为自己的疯狂行动感到疲倦。他们认为原本就吝啬的神，一定很快就会后悔的。

“可是这个水，从一千年前就没停过！……”

所以今晚他们不去在意那个瀑布。最好漠视某种奇迹。不只漠视，最好也不要去想，不然就会迷茫，而且再也无法相信自己的神了……

“反正法国人的神……就是……”

但是我非常了解自己的这些朋友。现在他们的信仰动摇了，干劲儿消失了，同时衷心地想要归顺。他们期望接受法国会计部门提供的大麦，想要由法国的撒哈拉部队保护自己的安全。一旦归顺，就会得到明显的利益，所以有这个念头也是理所当然的。

但他们三人都与托拉查都督艾尔·马姆同族（这个名字或许不对也说不定）。

在他还是我们的臣民时，我就知道他。因其功勋而被授予官方名誉，获得总督赐予的财富，备受各部落尊敬。世上的财富，他似乎都不缺。然而一天夜里，出乎意料地，他杀死了前往沙漠的随行士官，夺走骆驼和步枪后奔向了敌对部落。

这种既勇敢又绝望的突然起义、逃亡，导致的结果是一个首领今后成为沙漠的通缉犯，不久就会像燃起的狼烟般，在阿塔尔移动部队的枪火前消失。人们将他称为叛逆之徒，而且为这样疯狂的举动吃惊得睁大眼睛。

但艾尔·马姆的故事，同时也是许多其他阿拉伯人的故事，也就是说，他老了。人一老，就会想很多事情。就这样，一天傍晚，他察觉到自己和基督教徒签下了让自己致命的契约，玷污了自己的手。

的确，仔细想想，大麦与和平，对他来说，究竟是什么呢？失势的武人，只能屈身当牧羊人。但是现在他想起了以前他住过的撒哈拉，沙的每一道褶皱，都隐藏着威胁，连半夜行走时，前面都要配备守夜警卫。于是他又想起了大海的滋味，人一旦尝过就一辈子忘不了。

然而现在他却没有任何荣誉，失去了一切权威，在平稳无事的沙上徘徊。现在对于他来说，撒哈拉第一次成为沙漠。

或许他也曾经敬爱过被杀害的士官，但是对真主安拉的爱超越了一切。

“艾尔·马姆，祝你有一个好梦。”

“愿神保佑你！”

士官在沙上躺下，裹着毛毯，像在竹筏上脸朝向星星一般。现在所有的星星全都静静转动着，整个天空显示着时间的流动。现在月亮由自己的“睿智”导向虚无，向沙上倾斜。身为基督教徒的士官，不久就会沉睡。再过数分钟，只有星星在闪烁。这样的话，要让衰颓的种族再度回到过去的繁荣，要让沙在光荣中灿烂发光，只需让这些基督徒发出一声轻微的喊叫就可以让他们永远沉溺在睡梦中……再过数秒钟，那样做的话，新的世界就会从那无可挽回的事件中诞生出来。

他就这样杀害了睡眠中优秀的士官。

5

今天在朱比角，克马尔和他的弟弟姆扬招待了我。我在他们的帐篷里喝茶。姆扬默默地凝视着我，他没有解下覆盖嘴唇的蓝色面罩，这是摩洛人的客套。只有克马尔说着话款待我。

“我的帐篷、骆驼、女人和奴隶，全都是你的。”

姆扬的眼光依然在我身上，他向哥哥那边凑过去，说了两三句话，又沉默了下来。

“他说什么？”

“他说波纳夫抢走了卢葛巴的 1000 头骆驼。”

我还没有跟阿塔尔骆驼部队的波纳夫上尉见过面，但听过他在摩洛人中的威名。他们谈论他的时候很气愤，但却又把他当作神一样。他的存在，让沙漠变得高贵。但我仍然无法了解他是怎么做到的。就在今天，他突袭南下途中的贼匪队队尾，抢走了他们数百头骆驼，为了拯救被认为是安全的财产，他们不得不急忙转身和他对抗。现在，他像从天而降般出现拯救了阿塔尔，驻扎在石灰质的高地，就像炫耀自己般矗立在那顶端，仿佛在说“想要的话就来拿好了”。由于他的威风实在难以抵挡，各部族为了面子，都不得不出动，准备反抗。

姆扬凝视我的视线变得锐利，又和他哥哥说了几句话。

“他说什么？”

“说明天我们也要用300支步枪，向波纳夫发动攻击。”

我也似乎感觉到要发生什么事情了。这三天，人们不断地把那些骆驼往井边拉去。那一再召开的集会，在我看来，就像人们在武装看不见的帆船。让船奔驰的海风，已经开始喧嚣。因为波纳夫，使往南走的每一步，都充满了光辉。于是我无法判断，这种出发究竟带着的是怨恨还是爱情。

在这个世间，有一个这么优秀的敌人供你追逐，真是一件非常美妙的事情。而只要是他出现的地方，附近的部族因为害怕与他发生正面冲突，都立刻收好帐篷、聚集骆驼向远方奔逃而去。只有最远方的部族，才会像陷入爱情似的感到晕眩。人们从和平的帐篷、女人的拥抱、幸福的睡眠中逃脱出来，然后往南方痛苦地走了两个月，忍受着喉咙干渴得像火烧一般的痛苦，在风沙下蜷缩地等待着，期盼在一天的黎明时分，突然遇到阿塔尔移动部队，如果得到了神的允许，斩杀波纳夫上尉是这个世界上最美好的事情。

克马尔坦言：“波纳夫非常厉害。”

我终于明白了他们的秘密。他们像渴望某个女人的男人，在梦中听到她心不在焉的散步声，并为她心不在焉的散步感到烦恼，而彻夜辗转反侧。这些人也和那样的男人相似，非常在意波纳夫远方的脚步声。他装扮成摩洛人的基督徒，巧妙地绕开冲着自己而来的贼匪车，带领着麾下200名摩洛贼匪潜入敌营。在这里，任何一个部下都无拘无束地置身在法国势力范围外。就算是最没用的人也能从他的奴役中醒悟过来，把自己供在石桌上献给自己的真主而不会受到惩罚。在这里，只有这个神的威信能让他们打消念头。今晚，波纳夫若无其事地在他们的沉睡中走来走去，这就是脚步声响彻沙漠的原因。

姆扬依然在帐篷最里头，犹如青花岗石浮雕般纹丝不动地深思。他的眼睛发出耀眼的光芒，而他的短刀也已经不是件玩具了。自从加入贼匪军，他的变化是多么大呀！他感觉自己高贵得和以前无法相比，对我的轻蔑也使我为之一振。原因是，受仇恨的驱使，他想要和波纳夫对抗，并将在明天的黎明时分出发，而这仇恨却带着爱的一切征符。

他再一次向哥哥那边凑近，低声说着话，然后凝视着我。

“他说什么？”

“他说如果在离堡垒很远的地方遇到，他要向你开炮。”

“为什么？”

“他说你拥有飞机、无线电和波纳夫，但你没有真理。”

姆扬裹在他蓝色的长袍里，像尊雕像，动也不动地批判我。

“他说你像母羊一样吃生菜沙拉，你的那些不知羞耻的女人在别人面前露出脸，他都看到了好几次。他说你从来不祈祷，如果你没有真理，你的飞机、无线电和波纳夫，又有什么用处？”

我在这里要称赞这个摩洛人，因为他并非要维护自己的自由（因为在沙漠中，人经常都是自由的），也并非要维护眼前的财宝（因为沙漠是赤裸裸的），而是要维护一个不为人知的王国。

波纳夫像个老海盗，在沙漠的起伏中，带着部队四处奔波，但也使朱比角的野营再也不是悠闲牧人的居所。波纳夫旋风般的威胁震慑着四周，因为有他，夜里人们开始聚在帐篷里睡觉了。在南方，沉默让人感到震慑，那是因为波纳夫的沉默！而老练的猎人姆扬，竖耳倾听在风中靠近的波纳夫。

波纳夫要返回法国时，他的仇敌并没有那么高兴，反而哭了。就像他的出发把他们沙漠的一部分夺走似的。他们会对我说："为什么你的波纳夫走了呢？"

"我不知道。"

波纳夫和摩洛人用生命做赌注进行生死角逐，一赌就是好几年。他把他们的规定当作自己的规律，用他们的石头当枕头入睡。在永无休止的追踪中，他和他们一样感受着星星和风混合而成的夜晚。现在，他要离开了，要让对方知道他并不是身不由己地下这场赌注的，他光明磊落地从席位上起身。而被他弃置的摩洛人看到了，失去了赌命生活的信念。他们依然相信他：

"你的波纳夫还会回来的。"

"我不知道。"

摩洛人认为他会回来的。欧洲的博弈、军营的桥牌、晋升和女人都已经无法满足他。从前的高贵就像诱饵一样，引导他回到让人每走一步心都怦怦跳动的沙漠，就像一步一步朝着爱的方向前进。在这里，他认为自己只不过是在探险，而终究还是要回到故乡的，但后来他遗憾地发现：自己拥有的真正的财宝全都在沙漠中。比如：沙漠的魅力，夜晚，寂静，这片风和星的家园。

万一哪天波纳夫回来了，这个消息会在当晚传遍敌对领域。摩洛人知道他就在撒哈拉的某个地区，和200个匪徒一起熟睡着。于是人们悄悄将骆驼牵到有井的地方，准备大麦，检查枪托，这是受到那个憎恨，或者爱情的驱使。

6

“请把我藏在飞机里，带到马拉喀什去……”

在朱比角的每天晚上，那个摩洛人的奴隶一定会重复这个简短的请求。每当说完这个，他都觉得自己已经尽力完成了一切事情，于是开始盘坐着为我泡茶。这也就意味着可以平静地过一天了。他感到很安心，因为他已经向唯一能够治疗自己的医生坦承，也向唯一能够救赎自己的神祈祷过。他在茶壶上方低着头，反复回想着自己一生的遭遇，马拉喀什的乌黑土地、粉刷成玫瑰色的家及那份清贫的家产。对我的沉默，对我拖延始终不赋予他生命的这个事实，他都没有生气。原因是：他相信我们不一样，我是移动的马力，像风一般，迟早会把他的命运吹起来。

然而我不过是一个普通的飞行员，在朱比角当过两三个月的机场场长，全部财产只有背对西班牙堡垒的一间营房，以及营房里的一个洗脸盆、一个装着盐水的水瓶和一张不大的床，我对自己的能力真没有什么自信。

“巴克老爹，以后再说吧……”

每个奴隶都叫巴克，所以他也是巴克。虽然被俘虏了四年，但他还是不死心。他想起自己以前也是一个国王。

“巴克，你以前在马拉喀什做什么？”

他的妻子和三个孩子应该还在马拉喀什生活，他从事的一定是收益颇丰的职业。

“我是赶牲畜的，我的名字叫穆罕默德！”

在马拉喀什，官员经常叫他去：

“我有公牛要卖，穆罕默德，帮我带到山那边去。”

不然就是：

“我在原野上有1000只羊，帮我带到高地的牧场去。”

于是巴克手执橄榄树牧杖，指挥着牲畜迁徙。他一个人负责这一大群羊，一边要让怀孕的母羊跟得上羊群，制止羊群快跑，一边又要督促偷懒的羊跟上速度，他在羊群的信赖和服从中向前走。只有他知道它们要去哪儿，只有他能依照天上的星星认路，懂得羊群不可能知道的科学体验，他不必和任何人商量就决定什么时候休息、什么时候喝水。夜间，羊群睡了，他的膝盖埋在羊毛里，对着这些脆弱、无知的东西心生怜悯，是医师、是先知，也是王的巴克在为自己的臣子祈祷。

有一天，阿拉伯人向他走过来说：“跟着我们把牲畜带到南方去。”

他们让他走了很远的路，三天后，当他被带进幽深山路的敌对领域边境时，就被他们抓了，而且被取名为巴克给卖了。

我也认识一些别的奴隶，并且每天都到他们的帐篷里去喝茶，在那里打着赤脚，躺在那厚厚的地毯上，那地毯可是他们游牧民族的奢侈品。他们在地毯上方搭盖自己暂时的家，我就这样回味着一天的行程。在沙漠中，可以清楚地感觉到时间的流逝。炙热的烈日下，人们向着日暮、向着清风徐徐走去，它抹去了你身上的汗水，吹拂着你的四肢。炙热的烈日下，人和牲畜既可以走向饮水场，也可以走向死亡。因为无所事事也从来都不是消极的。这里每天都让人觉得非常美妙，就像通往大海的道路。

我和那些奴隶也很熟。主人从宝物箱中拿出炉子、茶壶和杯子后，他们就会进到帐篷来。那沉甸甸的箱子里，真是无奇不有，比如遗失钥匙的大锁、没有花的花瓶、廉价的镜子、陈旧的武器等。这一切东西都在沙漠中沉沦了，让人不禁联想起遇难船只的碎片。

然后奴隶一言不发地把干枯的小树枝放进炉子里，吹燃木炭，再往茶壶中灌满水，这对小姑娘来说很简单，但他却动着几乎可以连根拔起山毛榉的肌肉做着这么简单的活儿。他非常稳重，已习惯于这样重复的工作：泡茶、照顾骆驼、准备伙食。在炙热的太阳下，朝着夜晚走去；在光秃冰冷的星星下，则期望有炙热的太阳。四季更替，夏天期待冰雪，冬天期盼烈日。而在这像蒸笼一样的热带国家，真是令人同情。但这个沙漠在白天与黑夜中让人类从一个希望到另一个希望间的往返也是幸福的。

有时候黑人奴隶会蜷缩在门口，享受着晚风的洗礼。在这个俘虏的深沉的肉体中，回忆不再出现。即便是被绑架的情景，也只能回想起把他推进永恒黑暗中的那个人的手臂、叫喊和拳头而已。从那时开始，他像盲人般，既看不到水流迟缓的塞内加尔河，也看不到摩洛哥南部的白色城池；像一个聋人，听不到怀念的声音，在奇妙的睡眠中堕落。这个黑人并非不幸，他只是麻木了。只要坠落进这个游牧民族的生活圈内，跟着他们到处飘荡，一辈子都会被捆绑在他们所描绘的沙漠的生活轨道中。以后，他和他的过去、他的家、他的妻儿有什么关联呢？以后再也见不到了，对于他而言，亲人的存活等同于死亡。

长期沉溺在刻骨铭心的爱情中的人，一旦失去爱情，就会对自己高贵、孤独的生活感到厌倦。于是他们对生活渐渐妥协，在平凡的恋爱中创造出他们的幸福。对于他们来说，跌到谷底也不过如此，忍气吞声，委身过安稳的生活也很好。奴隶会以主人的炭火余烬为傲，主人会对奴隶说："喝了吧！"

那是在疲劳、炙热中得到的解放，肩并肩进入傍晚的清凉。因为这样，所以主人对奴隶是亲切的。当主人把一碗茶给奴隶喝时，奴隶感激不尽，甚至去亲吻主人的膝盖。奴隶也不会被铁链捆住。因为他根本不需要！他忠心耿耿！他甘之如饴地否认自己是受到追赶的黑人国王，他只是一个幸福的俘虏。

但终有一天他会获得自由。当他变得苍老没有用处，不值得提供吃穿后，他就会彻底自由。整整三天，他在帐篷间走来走去，寻求工作的机会。他的身体也一天比一天衰弱，到第三天结束时，他温驯地躺在沙地上。我在朱比角，看到过赤裸着死去的奴隶。摩洛人在旁边看着他们垂死挣扎，而在那漫长的时间里，他们并没有做什么残酷的事情。摩洛人的孩子，在这个黑色的身躯旁边玩耍。每天只要天一亮，他们就跑过去看他是否还在动。虽然觉得很有趣，但却不会嘲笑他们年老的家仆，这是理所当然的。好像大家对他说："你工作勤奋，有睡觉的权利，好好睡吧。"他躺在地上，感觉到晕眩般的饥饿，但是没有感觉到任何烦恼与不公。他慢慢地融进了土地，被太阳晒干、被大地接受，30 年的劳动，终于获得长眠和入土的权利。

我第一次看到这样一个人，甚至没有发出啜泣声，事实上他原本就不是会泣诉的人。我在他身上，感受到一种无法感知的听天由命的态度。就好像是山区的居民因为迷路筋疲力尽地躺在雪中央，被梦和雪笼罩全身的那种感受。让我心痛的并不是他的痛苦，我不相信他会有痛苦。但是一个人死了，一个未知的世界也会一起消失，我思考着这个人心中消失的是怎样的画面，思考着塞内加尔的耕地是什么样的，摩洛哥南部又是怎样的城市，这些都一点儿一点儿地坠进遗忘中。这个黑奴的世界我无从得知，是不是不断消失的只是泡茶、带牲畜去饮水场这类的悲惨劳动……这个奴隶的灵魂是不断地沉睡，还是被回忆唤醒、伟大地死去？他那坚硬的脑袋，在我看来就像陈旧的宝物箱。我不知道收藏在那儿的是怎样的彩绢，怎样的节日回忆，怎样的在遇难中被这个沙漠拯救的最无用的、无益的遗物。箱子在那里，被结结实实地捆绑起来，沉甸甸的。我不知道最后几天，是世界的哪个部分离他而去，意识和肉体是怎样消逝，最后一点儿一点儿变成夜晚、变成根的。

"我是赶牲畜的，我的名字叫穆罕默德……"

我知道的第一个勇敢的、不断抵抗命运的人是被囚的黑人巴克。他在一夕之间被摩洛人夺走了自由，就像刚出生的婴儿般赤裸着，但这对于摩洛人来说，根本算不上是什么大事。因为神的暴风，也会在一小时之内将人的收成蹂躏得荡然无存。只不过和他的财物相比，摩洛人伤害的是他的人格。不过即使这样，巴克也没有死心。而他与其他奴隶的不同点就是：若是别的奴隶，一定会将为生活而不断赶畜生、不断劳动的记忆交给死神。

巴克没有和别的奴隶一样，等得累了，降服于平凡的幸福，而是不安于奴隶的身份。他不喜欢奴隶主人的亲切，以及身为奴隶的喜悦。他的心中依然还保存着穆罕默德以前住过的家。尽管这里没有住人，显得冷清，但别的人也甭想住进去。巴克就像在林荫小径的寂寥与乏味中至死不渝的白发管理员。

他没有说："我是穆罕默德·班·劳尚。"而是说："我的名字叫穆罕默德。"就这样等待着被遗忘的人物复活，借以驱赶自己以前的面目。有时，在夜的寂寥中，他所有的回忆都涌上了心头："半夜里，我们的摩洛翻译为我们讲故事；半夜里，当巴克说起马拉喀什的事情时，哭了。"在孤独中任何人的记忆都有可能被侵蚀。当他突然醒来，伸展了一下四肢，在没有任何女人接近的沙漠中找在自己身旁的女人，在没有任何泉水涌出过的地方寻找泉水。巴克闭上眼睛，虽然住在粗布帐篷里，住在那追逐风而活着的沙漠中，但他还是相信自己住在白色的房子里，每晚都在以前那颗星星的照耀下。巴克带着往日的柔情，来到我这里，似乎认为那天即将到来。他很想对我说他已经准备妥当，也做好了返回家中的心理准备，现在只等我的一个手势。他微笑着，将他的打算告诉我，但这是我没有想过的。

“明天是送出邮件的日子。如果能够把我藏在前往阿加迪尔的飞机中……”

“可怜的老巴克，这是根本做不到的！”

因为我们住的地方，是在敌对领域里。我们怎么能够协助他脱逃呢？谁也不知道摩洛人第二天会以怎样可怕的屠杀去报复这一远走高飞和侮辱。我获得这个机场所属的工程师罗贝格、马歇尔、阿布格拉尔等人的协助，尝试买下巴克，但是想要奴隶的欧洲人是很罕见的，于是摩洛人狮子大开口：“两万法郎。”

“你在开玩笑吧？”

“请你看看这家伙那粗大的臂膀……”

几个月过去了。

不久，摩洛人的价钱降低了，加上我写信呼吁法国朋友协助，我觉得我可以买回老巴克了。

那是个有趣的谈判，共持续了八天。15 个摩洛人和我，在沙子上围成一圈坐着。有个名叫詹·兀德·拉塔里的山贼，他既是奴隶主的朋友，同时也是我的朋友。他在暗地里助了我一臂之力。听从了我的劝告后，他不断对奴隶主说：“卖掉吧！若是不卖，最后也没用。那家伙病了。虽然刚开始看不出来，但它潜伏在身体里，一旦发病，身体就会突然肿起来。所以还是卖给那个法国人吧。”

我答应了另外一个山贼拉吉，若是能够成功把巴克买回来，我就给他回扣。于是他也不断地诱惑着奴隶主：“你用卖他的钱可以买骆驼、步枪和子弹，还能带着军队和法国人打仗。这样你从阿塔尔带回三四个奴隶都不成问题。所以快把这样的老家伙卖掉吧。”

就这样，他们把巴克卖给了我。整整六天，我都小心翼翼地把他关在公司的营房里，并严严实实地把门上了锁。因为他要是在飞机来之前在门外溜达被摩洛人抓住，一定会被卖到更远的地方。

终于，我让他摆脱了奴隶的身份。这是一个伟大的仪式。伊斯兰教的修士，原来的主人，以及朱比角当地的官吏都出席了，而若是在离堡垒外墙 20 米的地方，那三个山贼有可能会砍掉巴克的脑袋好寻我开心。但现在他们正满怀热忱地和巴克接吻，并在证明书上签了名。

“现在，你是我们的儿子了。”

根据法律，巴克也是我的儿子。

巴克和四个父亲一一亲吻。

直到出发前，巴克都在公司的营房过着悠闲的囚犯生活。他每天告诉自己很多次，这是个简单快乐的旅途。他在阿加迪尔下飞机，人们会在这里给他一张前往马拉喀什的巴士车票。就像小孩子玩探险家的游戏一般，巴克玩着自由人的游戏。他再次踏入人生，再度看到巴士、群众，以及那些城市……

罗贝格作为马歇尔和阿布格拉尔的代理人，要求与我见面。基于关怀，他们认为巴克不能及时独立。所以他们交给我 1000 法郎要我转交给他，这样巴克就可以慢慢找工作了。

这时候我想起了那些从事“慈善事业”的老贵妇。她们捐赠 20 法郎就要求感谢。飞机工程师罗贝格、马歇尔、阿布格拉尔三人给予的1000法郎，既不是做慈善事业，也不要求感谢。他们不像前面说的那些做着幸福美梦的女士那样，而是出于怜悯而行动的。他们只是协助一个人重获尊严。他们和我一样清楚，返乡的喜悦一旦过去，在巴克面前出现的第一个忠实朋友——贫穷，就会在不到三个月内，让他在那里的铁轨上，大汗淋漓地拔枕木。那他返回后的生活倒是比不上我们在沙漠中过得幸福。但他有权在自己的家人中恢复原来的生活。

“老巴克，去吧！要成为有用的人。”

飞机颤抖着，准备出发。巴克最后一次眺望朱比角时感到无限荒凉。飞机前方聚集了200个摩洛人，他们想看看一个面向人生出发的奴隶，会露出怎样的神情。但如果飞机在前方出现不测，他们就打算把他重新抓回来当奴隶。

我们向这个带着些许不安，要被送到人间的50多岁的婴儿挥手道别。

“再见，巴克。”

“不对。”

“什么不对？”

“不对，我应该叫穆罕默德·班·劳尚。”

我们曾拜托阿拉伯人阿布达拉带巴克去阿加迪尔，而最后关于巴克的消息也是从他那儿知道的。

巴士只在傍晚发车，于是巴克有一整天的时间。他在城市里走了很久，一言不发。在阿布达拉看来，巴克似乎有些不安，显然深受感动。

“你怎么了？”

“没怎么……”

突然出现的休假让巴克过于自由，所以他到现在对自己的复活还没有真实感受。当然，他一定觉得是无言的幸福。除这个幸福感以外，今天的巴克和昨天的巴克也没什么不同。现在的他，应该和其他人同样拥有分享太阳，以及坐在阿拉伯式咖啡馆的绿色棚里的权利。他在那里坐下来，为阿布达拉和自己点了红茶。这是他翻身后为自己做主的第一件事情。这个权势改变了他的神情。然而服务生却像做着最平凡的事情般，丝毫不觉得吃惊，为他斟了茶。但服务生没有察觉到自己的斟茶，其实是在赞美一个自由的人。巴克说：“我们到别的地方去看看。”

他们登上俯瞰阿加迪尔的加斯巴赫山。

贝尔族可爱的舞娘朝他们走近。她们展现出十足的亲切与温柔，使得巴克感到重生。她们在不知不觉中，欢迎他进入新的人生。她们牵着他的手，给他献茶；她们显得很殷勤，就像对待其他男人那样。巴克把自己重生的经过讲给她们听，但她们只是温柔地笑着。因为他高兴，她们也为他感到高兴。他想让她们惊讶，于是又说：“我叫穆罕默德·班·劳尚。”但她们一点儿都不吃惊。因为每个人都有名字，而且有太多的人都是从远方归来……

他带着阿布达拉在街上的犹太人的小摊前闲逛，眺望着大海，深切地感受到不管自己是往哪个方向走都是自由的……然而这个自由也让他觉得苦涩，让他明白了自己与世界有着怎样的阻隔。

这时，正好有一个孩子经过，巴克爱抚着小孩子的脸颊，孩子笑得很甜。但那不是为了奉承而去疼爱的奴隶主的孩子。巴克给予爱抚的是个羸弱的孩子。那个孩子笑得非常甜，他让巴克觉醒了，因为一个羸弱的孩子对自己笑得那么甜，让他觉得自己比以前对这个世界更重要了。他似乎隐隐约约看到了什么，于是迈开大步走了过去。

阿布达拉询问道："你在找什么？"

巴克回答："不找什么。"

当他在街道转角遇到成群嬉戏的孩子时，停住了脚步。他找到了要找的东西，于是默默地看着孩子们。接着他跑到了那个犹太人的小摊前，买了一大堆的礼物回来。阿布达拉看到他后，生气地说："傻子，钱要省着花！"

但是巴克已经不听他的话了。他神情认真地对每个孩子招手，让他们来领礼物，于是小小的手伸向了玩具、手镯和绣了金线的鞋套。孩子们拿到自己的礼物后，没有礼貌地说声"谢谢"就逃跑了。

阿加迪尔其他的孩子听到这个消息，都跑了过来。巴克给他们穿绣了金线的鞋套。阿加迪尔郊外的孩子听到这个消息后，起身欢呼，也向这个黑神跑来，拉着他那陈旧的奴隶服，索取礼物。于是巴克就破产了。

阿布达拉以为巴克"高兴疯了"。但我认为在这种情况下，巴克所做的事情并不是分享巨大的喜悦。

现在他是自由的，所以他就拥有了人的基本财富——被爱的权利、随心所欲闯荡的权利、自力更生的权利。这样看来，这点钱算什么……深刻的饥饿，唆使他想成为他们当中的一员，与他们有着密切的联系。阿加迪尔的舞娘，亲切地对待着老巴克。但是他可以跟进入那家店时那样轻松地走出来，原因是她们不需要他。阿拉伯的摊贩和路上的行人，全都尊重他这个自由人，与他平等地分享阳光，但也只是这样，因为没有任何人说，他是不可或缺的。他是自由的，但太过于无限制的自由，让他在地球上几乎感觉不到自己的重量。他欠缺那份人与人关系的牵连，如果他要打破这种关系，伴随而来的就是眼泪、离别的悲伤、谴责和喜悦。也就是说，他欠缺把他和别人相结合，让他变成有重负的无数关联。然而现在，孩子们那数不清的希望重担都压在了巴克的心头上。

在阿加迪尔灿烂的夕阳和黄昏的清凉中，巴克的统治时期开始了，这份清爽也是他唯一漫长等待的安慰。由于出发的时刻快到了，巴克像以前被羊群埋没那样，被孩子们形成的波浪淹没了，留下世界上最初的航道痕迹。明天他将回到贫困的家人中，用他那年老的手臂担起养活家人的重担，这恐怕是无法完成的，但在这里他将自己真正的力量放在了大地上。就像要在地上生活而身体却过于轻盈的天使必须得在腰带上缝进铅块，于是巴克带着那些渴望金鞋套的孩子们的力量，艰难地向大地走去。

7

这就是沙漠。在萧条的撒哈拉深处，上演着不为人知的戏剧，将人的热情煽动起来。沙漠的真实生活，并非是追逐牧草部族的迁徙，而是持续进行的游戏。归顺的沙漠与反抗的沙漠，差异是多么大呀！但对于人类来说，不也是这样吗？面对迥然不同的沙漠，我想起了儿时的游戏，想起了那个金色庭园，我们相信住着各种神的地方；想起那个怎么也无法得知全貌、无法走遍的漫无边际的王国。我们形成了封闭的文化，在那里步行是特别的，事物也有特殊的意义，这在其他地方是不被允许的。当我们长大成人后，就要遵守别的律法生活，充斥着少儿身影的魔幻、寒冷、炎热的庭园留下了什么呢？现在他回到那里，怀着失落的心情，沿着外侧低矮的灰色石墙走着。他惊讶地发现自己以为的无穷大空间的庭园原来在这么小的外墙里。他清楚地知道，自己再也无法进入无穷的世界中，因为他想去的是那个游戏里，而不是那个庭园。

然而抵抗区已经不复存在。朱比角、锡兹内罗斯、坎萨多港、哈姆拉干河、盖勒敏－塞马拉大区，都已不再神秘。我们曾经朝它们奔去的地平线依次在消失，就像被温暖的捕虫网捉住就会失去美丽色彩的昆虫一样。追逐这些地平线的人，没有被幻影迷惑。当时我们追求那种发现时，也并没有弄混。《一千零一夜》的故事中，追求微妙事物的苏丹，也没有错，以致被掳来的美女一经触碰就失去了她们翅膀上的金粉，在黎明的晨曦中消失在他的怀里。有人在沙漠里挖油井，靠他们的商品发财致富，而滋养我们的却是沙漠的魅力。但他们来得太晚了。那些难以接近的棕榈林，以及贝壳的新鲜粉末，它们已经把最重要的东西给予了我们；它们给予的狂热只有片刻，而我们也就享受那片刻。

沙漠吗？我曾经突然闯进它的中央。1935 年，在长距离飞行前往亚洲的途中，我在埃及，在靠近利比亚沙漠边境的内陆深处，被像黏鸟胶似的沙漠给抓住，那时候我已经有了死亡的心理准备。故事的经过如下。

第七章　沙漠正中央

1

来到地中海上方，突然遭遇到低云。我下降到 20 米的高度。骤雨敲打着遮风板，海面上雾茫茫的。我要费很大劲儿才能看清东西，而不至于撞到轮船的桅杆上。

同机的工程师安德雷·普勒伏为我点燃香烟。

“给你倒杯咖啡吧……”

他消失在飞机后舱，随后拿着热水瓶出来，我喝了咖啡。为了保持 2100 的转数，我不时握紧油门杆。我扫了一眼刻度盘，看了好几个计测器的刻度。它们都各归各位，每一指针都在应有的位置上。我瞥了一眼大海，它在雨中，像热水翻腾的池子。如果我驾驶的是水上飞机，定会为“波涛汹涌”的海水而感到惋惜。不过我驾驶的是陆上飞机，不管是否波涛汹涌，我都不能降落。但不知为什么，这给予我一种虚妄的安全感——我的世界不包括大海这部分，这里的意外与我无关，甚至威胁不到我。因为我并没有准备降落在海面。

飞行一个半小时后，雨势减缓。云依然很低，但已经流泻出一个巨大微笑般的光线。我感受到这个好天气的悠闲准备，我猜想在我的头顶，是一层薄薄的白云。我往旁边绕过去，借此避开骤雨。没有必要从中心穿过去。突然，云出现了第一道裂缝……

在发现这道裂缝前我就有预感，因为前方的海面上能看到绿颜色的长长尾巴，好似一片灿烂的绿洲，就像我从塞内加尔越过3000公里的沙漠，抵达摩洛哥南部时，看到了让我激情荡漾的大麦田一样。在这里，我感觉正在接近一处有人烟的地方，心情顿时轻快起来，我转身对普勒伏说：“结束了。一切顺利！”

“是的，顺利……”

突尼斯。在燃料灌满之前，我签署了几份文件。在我正要走出办公室时，听到一声“扑通”，好像物品掉入水中的声音。这一声响闷闷的，没有回声。我立刻想起我以前也听到过类似的声音，那是车库的一次爆炸事故，有两个人在沙哑的咳嗽声中死去。我转身朝着沿跑道的公路看去：半空中尘土飞扬，两辆快速行驶的汽车相撞，像冻在冰块里一样一动不动了。有人朝事故地点跑去，有人朝我们跑来：

“快打电话……叫医生……头……”

我的心被揪得紧紧的。这是命运在黄昏的寂静亮光中的成功一击。毁了容，撞傻了头，或是丢了性命……强盗就是以这种方式在沙漠中蹑行，没人听到他们在沙地上有弹性的脚步声。营区内只在刹那间听到掠夺的声音，接着一切又在金色的沉默中安静下来。同样的和平、同样的沉默……我身边有人说头颅破裂，我一点儿都不想听关于那个毫无生气、鲜血淋淋的头颅的事情。我转身避开公路，朝我的飞机走去。但我的心中仍感到一种威胁。

不久，我就要再次听到这种声音。当我以每小时 270 公里的速度擦过黑色的高原时，我听到了同样嘶哑的咳嗽声，命运之神的这声“吭”已经在等待着我赴约了。

出发前往班卡吉。

2

飞行途中，还有两小时才会日落。进入黎波里上空时，我已经取下了太阳眼镜。不久，沙漠发出金色的亮光来。地球上的人影是多么稀疏呀！我再次感到河流、森林和人类居住的地方似乎只是一些幸运的巧合。岩石和沙漠占的比例多大啊！

但是这一切事情，都跟我无关，因为我是活在飞行的领域中。我感觉到夜晚的来临。我们就像在寺庙里一样闭门不出，我们把自己封闭在探研基本礼仪的秘密里沉思默想。世间的一切都在慢慢隐退，即将消逝。所有的景致仍然沐浴在金色的阳光里，但是有些东西已经开始挥发了。只有体验过无法言喻的飞行快乐的人，才会理解我的这句话。

太阳渐渐消失了，在飞机发生故障时可以接待我的广袤的金色的土地也消失了，我看不见为我导航的标记，看不见出现在天空中可以帮助我避开障碍物的山脉的剪影。我进入了黑夜，凌空飞翔。我身边有的仅仅是那些星星……

这个世界的消亡是慢慢来临的，光线也是慢慢离我而去的，天地渐渐融合在一起。大地浮升，像蒸汽一样扩散。最初出现的星星像是在绿色的水中摇曳，它们还需要很长时间，才能变成坚硬明亮的钻石。我还要等待很久才能看到流星悄然无声的轨迹。有几次，深夜时分，我看见那么多的星火划过夜空，以为是星星的天空刮起了大风。

普勒伏测试了固定灯和紧急灯。我们用红纸包住灯泡。

“再包一层……”

他又包了一张，按了一下开关，还是太亮。这样的话，就会像在照相馆的暗房那样，把外部世界苍白的形象遮住。有时在夜里，万物会显出朦胧的轮廓，光线却会把它抹杀。夜晚已经降临了，但这还不是纯粹的黑夜，一轮新月还悬挂在空中。普勒伏钻进后舱，带回来一块三明治。我吃着一串葡萄，但我不饿。我既不感觉饿也不感觉渴，也不觉得累，我觉得我还可以这样开上10年的飞机。

月亮沉落了。

班卡吉在黑暗的夜中出现。班卡吉在深沉的黑暗底处安息，没有装饰任何光晕，我抵达后才看出市街。我寻找机场。这时候，红色的标识灯全都亮了起来，点点灯火剪出一块黑色的方形。我盘旋飞行，探照灯的光线直冲天空，像一根火柱，火柱旋转起来，在场地上划出一条金光大道。我继续盘旋，想把障碍物观察得更加清楚。这个机场的夜间设备非常齐全，我放慢速度，开始沉潜，仿佛跳进黑色的水中。

降落时是当地时间夜里11点。我向探照灯那里奔跑。最亲切的士官和军队，从阴影中出现在探照灯坚硬的亮光中，忽隐忽现。人们接下我的文件数据，开始补给燃料。20分钟内，我的过境手续就可以一一办妥。

“请在机场上空盘旋一次。不然我们就无法确定是否彻底起飞。”

出发。

我朝着毫无障碍物的空洞，在金色的道路上滑行。我的“沙漠热风”号爱机，在跑道上将沉甸甸的机身浮起来，凌空而起。探照灯追逐着我，反而妨碍我改变方向。不久，探照灯离开我，我感到有些晕眩。我保持着垂直状态半盘旋着。那时候，探照灯又照在我的脸上，但它只是一闪而过，躲开我，将那金色的长笛转向旁边。我从这些操作中，感受到里头藏着深深的亲切。现在我朝着沙漠飞去。

来自巴黎、突尼斯、班卡吉的气象报告，全都向我预报时速三四十公里的顺风。我打算让飞机保持时速 300 公里。我对准联结亚历山大港和开罗的中心点飞去。这样可以避开海岸上的禁区，尽管会遭遇到难以预料的偏航，但我还是可以在右边或者左边，得到某个城市的灯光的指引，或者更宽泛地说，得到尼罗河谷区灯光的指引。假若风不变，我将航行 3 小时 20 分钟，假若风减弱，我就要飞行 3 小时 45 分钟。我开始穿越 1050 公里的大沙漠。

月亮不见了。除了星光，云雾弥漫。我看不见一点儿灯火，也找不到任何一个方位标。由于无线电联络中断，我在到达尼罗河之前不会收到由人发出的任何信号。除了我的罗盘和斯贝雷陀螺仪，我也别想观察到其他东西。我对什么都不再感兴趣，除了那根细细的镭针在仪表盘上缓慢地呼吸。当普勒伏在飞机上走动时，我就把重心差轻轻地调整了一下。我把飞机拉到 2000 米的高空，根据气象预报，那个高度的风有利于飞机的飞行。每隔一段时间，我就点亮一盏灯，观察一下发动机的刻度盘，当时的仪表盘还不全是夜光的。大部分时间，我都待在黑暗里，待在和星星一样发出不灭而神秘的矿物的光芒、说着同一种语言的微小星座之间。好比一名天文学家，在阅读一本关于天体力学的书籍。我觉得自己既勤奋又专心。外界的一切都熄灭了。普勒伏撑了好一会儿，之后还是睡着了。我可以更自由地享受我的孤独了，发动机发出柔和的轰鸣声，我眼前的仪器表上则是祥和的星星。

但我在沉思着。我们没有月光的指引，也无法依靠无线电。在投身尼罗河灯火交织的光网以前，我们跟地球之间没有一丝一缕的联系。我们远离一切，只有我们的发动机把我们悬在漆黑的夜空中。我们正在穿越黑暗的大山谷——考验人的意志的山谷。这里没有任何救援，这里不允许出现失误。我们只能听从上天的摆布。

一丝亮光从电讯仪表台的缝隙里漏了出来。我叫醒普勒伏让他把光挡住。普勒伏在黑暗中翻身，像一只熊一样摇晃着。他专心致志地工作着，用了不知道什么布头和黑纸片把缝隙堵上了，那道光消失了。它就像是世界的一道裂缝。它和苍白遥远的镭光完全不同，它发出的是夜总会里那样的灯光，而不是星光。重要的是这道光闪了我的眼睛，冲淡了其他微弱的光芒。

飞行了整整三小时。一道明亮的光线在我的右方闪现，我看了一眼。原来是拖在尾翼灯后面的长长的光迹，在这之前，我是看不见那盏灯的。这道光断断续续，忽隐忽现，原来我飞进了云层里，是云朵在反射灯光。在我的那些方位标志的临界地带，我会更愿意它是一片纯净的天空。光晕照亮了机翼，光线聚在那里，一动不动，熠熠生辉，在那里形成一束玫瑰光束。强劲的涡流让飞机摇晃不停，我在一堆厚度不明的积云的大风口中航行。我爬升至2500米的高度，还是没有钻出云堆，于是我又下降至2000米。那光束依然如故，并且越来越亮。好吧，不去管它了，等我钻出云堆再说吧。但是我不喜欢这种糟糕的黑暗里透出来的光。

我计算了一下："飞机在这里有点儿摇晃，这是正常的。虽然天空很纯净，飞行高度也很高，但一路上我都受到了涡流的影响，风根本就没有平息过。我的飞行时速应该超过300公里了。"总之，我没有掌握一点儿确切的情况，还是等我飞出云堆后再确定方位吧。

飞机终于飞出了云堆。那光束突然消失了身影。就是它的消失，让我感到不安。我注视着前方，看到了在天空和下一堵积云的墙之间的狭窄空隙。先前的花束又被点燃了。

只是短短的几秒钟，我将再也飞不出云堆。经过三个半小时的飞行，这云堆开始让我感到不安。因为如果是按照计划飞行，那我就应该离尼罗河很近了。幸运的话，通过空中过道，或许我可以看到它，但这样的过道并不多。我不敢再下降，万一飞行的速度没有我想象的那么快，那我就还要飞越几块高地。

我并不是时刻担忧，我只是怕浪费了时间。但是我给自己确定了一个限度：飞行4小时15分钟。超过这个时间，即使无风——尽管无风的可能性很小，我也肯定已经飞过尼罗河了。

当我到达云层边缘的时候，光束发出的光一直在闪烁，越来越急促，之后突然消失了。我不喜欢跟夜晚的魔鬼进行这种密码通信。

有一颗绿色的星星浮现在我的前方，像一座灯塔般明亮。到底是星星还是灯塔呢？我不喜欢这种超自然的亮光，是一颗报喜的星辰，还是危险的邀请？

普勒伏醒了，照亮了发动机的仪表盘。我把他和他的灯都推开。我有时会利用进入云的缝隙的机会，努力想要观察地上。而普勒伏又陷入睡眠中了。

然而没有什么可看的。

飞行了 4 小时零 5 分钟，普勒伏过来坐在我身边：

“我们应该到开罗了吧……”

“我也这么认为。”

“那是一颗星星，还是一座灯塔呢？”

我把发动机的转速减小，或许普勒伏就是因为这个才醒的，他对飞行时的各种声音变化很敏感。我开始慢慢下降，在云堆里滑行。

我刚检查了一下地图，不管怎么说，我已经到达过零度标高，所以没有任何危险。我继续下降，掉头转向正北方。这样，我将在我的窗户里看到这一带城市的灯光。或许我已经飞过了？那灯光就应该出现在我的左边。我现在是在积云的下面飞行，但是另一堆乌云飘浮在我的左边，我拐了个弯，朝北和东的方向飞去，以免撞入它的罗网。

这堆乌云无疑压得更低了，它挡住了我的全部视线。我不敢继续下降，我的高度表显示我到达了400度标高，但我不知道气压是多少。普勒伏凑过身来，我对他喊：“我要一直飞到海上去，就算落在海里也好，免得撞在地上受罪……”

事实上，没有任何迹象表明我们没有偏离航向，说不定我们已经飞到海面上空了。云团下方一片黑暗。我紧贴着窗户，试图看到飞机下面的情形。我试图发现灯火，发现信号。我像是在炉底寻觅生命的灰烬的人。

“可以看到海上的灯塔！”

我们两个人同时看到了这个时隐时现的陷阱！真是太疯狂了！这幽灵般的灯塔，这夜晚的创造物到底是什么地方？因为就在我和普勒伏俯身想再次在离我们机翼300米的地方找到它的那一瞬间，突然……

“啊！”

我记得除了这个字，什么也没有说。我记得自己只感受到一阵天翻地覆的断裂。我们以时速270公里的速度，和地面剧烈相撞。

我记得在那之后，除了等待飞机爆炸时迸发出来的紫色星光，我们什么也没有期望。普勒伏和我都没有感到丝毫激动。在我自己心中，除了那个激荡的迫不及待，对那个应该一出现立刻就会让我们昏迷过去的美妙星星的迫不及待，什么感觉也没有。然而红莲之星最后并没有出现，有的只是把驾驶舱弄得乱七八糟，窗户剥掉，将机身外板吹到100米外，连我们的腑脏中都填满轰隆声的一种地震。机身就像从远方向坚硬木材掷去竖立起来的小刀般颤抖着，我们被这个愤怒翻搅着，一秒、两秒……机身依然继续颤抖着。我迫不及待地近乎恐怖地等待着机身内贮藏的能量让机身像石榴般炸开来，然而地下的动摇持续着，并没有爆炸。完全无法得知在我看不到的地方正在进行怎样的工程，我完全不懂这个动摇、这个愤怒，以及不知道什么时候会结束的这个犹豫……五秒、六秒……突然间，我们感觉到转动，我们的香烟从窗户被扔出去，右翼受到粉碎性的冲击，接着是虚无——有的只是仿佛冻僵般的静止不动。

我对普勒伏叫道："快点跳下去！"

他也同时叫道："着火了！"

我们"唰"的一声从掀开的窗户翻跟斗跳了出去。我们站在 20 米外的地方，我对普勒伏说："没有受伤吧？"

"没有！"他回答道。但是他在揉他的膝盖。

我说："身上到处摸一摸，动一动，确定哪里都没有受伤……"

他回答说："没什么，这个只是应急泵……"

我以为他就要从脑袋到肚脐呈一直线裂开，突然倒下去了。然而他只是眼睛一直看着前方，重复说："是应急泵……"

我猜想他一定是疯了，马上就要手舞足蹈起来。

看到飞机免于着火的危险，他把视线转向我，接着说："没什么，只是膝盖被应急泵钩到而已。"

3

我们还活着，这真是不可思议。我提着电气灯，追溯飞机降落时在地面上留下的痕迹。在离飞机停靠点 250 米远的地方，我们就已经找到了一些扭曲的铁皮和钢板碎片，在飞机所到之处，沙尘四溅。天亮后我们才得知，我们几乎是以切线般的角度撞在一个荒芜的高原顶上的平缓的斜坡上。沙地上撞出了一个深坑，就像用犁犁过一样。飞机没有翻覆，而是像蛇一样，肚皮贴地，怒气冲冲，摇头摆尾，以 270 公里的时速向前冲去。我们之所以保住一命，似乎是因为在沙上自由滚动的黑色小石子发挥了球轴承的功用。

为了避免短路引起火灾，普勒伏拔掉了蓄电池的电源。我靠在发动机上思考：我们飞行了 4 小时 15 分钟，在高空中可能遇到了时速 50 公里的大风，飞行途中我确实感到有些颠簸。但如果风向和预报的不一样，那我就完全一无所知了。我估计自己落在了一个边长 400 公里的正方形地带。

普勒伏走过来坐在我身边，跟我说：“能活下来真是个奇迹……”

我没有回答他，我没有丝毫的欣喜之情。我头脑里已经有一种想法冒出来渐渐开始折磨我了。

我拜托普勒伏把他的灯点亮作为标志。我手里拿了电气灯往前走。我仔细地观察地面，缓步向前，兜了大半圈，改变了几次方向。我一直搜索地面，好像在寻找一枚丢失的戒指，就像不久前我也是这样寻找火光一样。我在黑暗中一直走着，弯着腰盯着灯光照到的那块圆形的白色地面。就是这样……真的是这样……我朝飞机慢慢走过去。我坐在机舱旁边，又沉思起来。我竭力寻找希望的理由，然而没有找到；我竭力寻找生命的迹象，然而生命没有留下任何踪迹。

“普勒伏，我一片草叶也没有找到……”

普勒伏默不作声。我不知道他是否能听懂我所说的话。等天亮后，夜幕揭开时再说吧。我只感到深沉巨大的疲劳。我心里想着：“困在沙漠中大约400公里的地方……”突然，我跳了起来：

“水！”

燃料箱和油箱都破了，水箱也一样。沙把一切都喝光了。我们在破裂的热水瓶底，找到半升咖啡，在另一个热水瓶底，找到四分之一升白葡萄酒。我们滤出这两种液体，混在一起。我们也找到些许葡萄和一个橘子。但是我盘算着：“只要在沙漠的大太阳下走五小时，这些东西就会耗费殆尽……”

我们在驾驶室安下身来，等待天亮。我躺下去，我想睡觉。我边睡边试着做我们这场冒险的决算表。结果是我们浑然不知自己的位置，甚至连一升饮用品都没有。如果我们位于航线的直线上，那么救助队一个星期以后应该会找到我们，但无法期待会更快获救，那时候应该已经为时已晚。若是我们走偏了，救助队会在六个月后发现我们。不能期待飞机的搜索，因为他们必须搜遍3000公里。普勒伏对我说：“啊！真是太可惜了……”

“什么太可惜了？”

“原本可以把心一横，死得很漂亮的！……”

但没有必要那么快就死心。普勒伏和我立刻恢复了信心。不管那是多么虚幻，也还是不能放弃从空中来的奇迹般的救援机会；并且也不能一直静止不动，错失万一近旁或许会有的绿洲。天亮后，就走一整天去看看，然后再回机身这里来。出发前先在沙上，用巨大的字，写下我们的预定行程。

我蜷缩成一团，打算一直睡到天亮。幸运的是我居然还能睡着，疲劳以各式各样的影像把我笼罩起来。即使我在沙漠中也绝对不孤独，我沉浸在半睡半醒中，充满各种声音、回忆，以及喃喃细语。我还不觉得渴，感到非常舒适，任由自己进入梦乡。现实在梦的前方逐渐后退……

可是，天亮后一看，却发现完全不是那么一回事！

4

我非常爱撒哈拉。我也曾在敌对区域度过好几个晚上。我曾经在这片金黄的旷野中醒来，风在沙地上留下层层沙浪；我也曾在沙漠中，静静躲在机翼下等待救援。但是和这次完全不能比。

我们走在弯曲的小山中腹，地面由被乌亮的小石子外皮整个覆盖住的沙形成。乍看之下，就像金属的鳞片似的。而所有环绕我们的圆穹形沙丘，全都像盔甲般发出亮光。我们坠落进一种只有矿物的世界中，我们被关在一种铁的风暴中。

翻过第一座山岭后，前方又出现同样乌亮的山岭。我们把脚拖在地面上走着，以便作为待会儿返回时的路标。我们朝太阳走去。像这样要向正东方走去的决心，违反一切的规律。因为不管是刚才的气象报告，还是自己的飞行时间，全都要让我相信我已经越过了尼罗河。事实上，有一次——虽然时间很短——我也曾试着朝西边走去，但感觉到连自己也很难言喻的别扭。所以我把西边的方向留到明天，也暂时牺牲掉应该会把我导向大海的北方。三天后，在一半人事不省的状态中，我们决定放弃飞机，一直朝前走。更正确地说，是往东北偏东的方向走去。这个时候也同样违反了一切规律，不止如此，也违反了一切希望。最后获救时，我们才知道，不管朝其他哪个方向，我们也都回不去。因为比如是朝北方走去，会由于太过虚弱而无法到达海边。我自己也觉得真是可笑，现在回想起来，当时我们没有任何线索可以用来决定选择哪个方向，我会选择这个方向的唯一理由，或许是我们在安第斯山中百般搜索的朋友吉约梅以同一个方向获救的事实。也就是不知不觉间，这个方向对我来说，成为生命的方向。

走了五小时后，景色改变了。有一条沙河好像涌向一条峡谷，我们决定沿着这个谷底走。我们大踏步走去，因为要尽可能走得越远越好，如果什么也没有发现，必须在日落前返回。但是我突然停下来：

“普勒伏。”

“什么？”

“脚印……”

我们已经有几小时忘记留下脚印了？如果找不到脚印，那就只有死路一条。

我们走回去，但是朝着偏右的方向。走了一段距离后，我们就会垂直转回最初的方向，这样我们就又能找到我们原来在路上留下的脚印。

这条断掉的线再度相连之后，我们又走起来。暑气高涨，海市蜃楼随之浮现。但那还只是初步的海市蜃楼，巨大的湖出现在眼前，但当我们一靠近就消失不见了。我们决定舍弃沙的溪谷，爬上最高的圆穹去观察地平线。我们已经足足走了六小时，应该总共走了 25 公里。我们抵达那黑色圆形沙丘的顶端，然后在那里默默地坐下。沙的溪谷，在我们的脚下，流进别的没有小石子的沙漠中。从那沙漠反射出来的炫目亮光，烧炙着我们的眼睛。放眼望去，只有虚无。在遥远的地平线上，在光线的作用下，浮现出些许让人放心不下的海市蜃楼。我看到堡垒、尖塔、线条笔直的几何图形。我还看到一大块黑影，像一片植被，但它的上空笼罩着最后一团白天消散、夜晚复出的云朵。那只不过是一片积云的影子罢了。

再前进也没有用，这个尝试不会引导我们到哪里去。我们还是应该返回飞机那里，那个红白的标识或许被救援的同事看到了也说不定，虽然我一直也不对空中的救援抱有希望，但我觉得这是唯一留下来的救援之路。而且我们把最后的几滴液体留在那里，我们必须把它喝掉。为了活下去，我们非回去不可。我们是这个铁栅栏中的囚犯，由于口渴，只拥有受到限制的小自由。

可是在认为或许终于向生命走去时，后退是多么痛苦呀！在那各种海市蜃楼后方的地平线上，或许藏着无数真正的城市、淡水的运河和牧场也说不定。我明明知道后退是好事，可是一旦决定要执行时，却觉得希望幻灭了。

我们在飞机旁边躺下来。我们走了60多公里，喝干了剩下的液体，在东方什么也没有看到，并且也没有一个同事在这个地区上空飞。我们能够忍耐等待多久呢？我们已经非常渴……

我们收集粉碎的机翼破片，搭了一个巨大的焚火台。我们准备好汽油，以及会发出强烈白光的薄镁片。我们等待太阳下山，天暗下来，点燃这场大火……可是，人类到底在哪里呢？

现在火势正旺。我们怀着虔诚的心，看着沙漠中燃烧正旺的信号灯，看着夜里灿烂耀眼的自己那无言的、明亮的信息。我心里想着：这个信号当然载着戏剧性的叫喊，同时也载着大量的爱情。我们想喝水，但我们也想通信。离别的火呀！在夜里点燃吧！只有人类拥有火。人类呀！回答我们吧！

我看到妻子的眼睛，除了这双眼睛，我什么也看不到。那双眼睛在询问。我看到或许关心着我的所有人的眼睛，那些眼睛在询问，汇集成无数的视线，在谴责我的沉默。我在回答呢！我在回答呢！我竭尽力气在回答，我在夜里已经无法烧出比这更耀眼的火焰了！

我尽了最大的力气。我们尽了最大的力气，几乎没有喝一滴水，走了 60 公里。现在我们已经没有水喝了，如果我们等不下去了，那也不是我们的错！只要有水，我们就会乖乖地留在这里，吮吸着我们的水壶。然而从我们吸干锡杯底的那一瞬间起，一座倒计时的时钟动了起来；在我啜干最后一滴的那一瞬间起，我开始走在绝望的路上。如果时间要像大河那样把我们带走，我不是无法阻止吗？

普勒伏哭了。

我拍拍他的肩膀，我想安慰他，说道："既然尽了力还是不行，也就只好认了……"

他回答我："我不是为自己哭的……"

是的！那是确定无疑的，没有任何难以忍受的事情，我已经知道这个明显的事实。我应该知道，明天，后天，没有什么是不能忍受的，我对垂死的挣扎只是半信半疑。平常我已经考虑过这件事情。我曾经被关在驾驶室里差点儿被淹死，那时候我并不觉得有什么痛苦；我好几次以为自己的头撞破了，但我并不认为那是什么重大的事情，这次我也不担心。这件事情，明天应该会教给我更不可思议的事实。虽然烧起那样大的火堆，事实上，那个时候我是否已经放弃被人找到的希望了呢？只有上帝才知道……

“并不是为自己哭……”是的，是那样没错，事实上这是让人最难以忍受的。每次看到无数在等待着我的眼睛，我就感受到烫伤般的疼痛，感受到想立刻起身笔直向前方奔去的冲动。远方，人们在呼救，人们正在沉下去！

这真是怪异的角色颠倒，但我平常心里就这样想着。不过我需要普勒伏才能完全肯定这一点，普勒伏也没有感到人们常在我们耳边喋喋不休的那种死亡的焦虑。但是有些东西是他所无法承受的，对我来说也一样。

啊！我真愿意就这样睡着了，沉睡一晚或几个世纪。如果我睡着了，我就不会知道彼此的区别了，那是怎样的平和呀！然而远方人们发出的那叫喊，那绝望的巨大火焰……我光只是想象，就已经无法忍耐。面对这么多的困难，我不能袖手旁观！沉默的一秒又一秒，在一点儿一点儿屠杀我所爱的人。强烈的愤怒，在我的体内窜动，阻挠来得及赶来救助快沉下去的人的各种锁链，为什么这么多呢？为什么我们的火堆、我们的叫喊，不能传达到世界的尽头呢？再忍一下……我们会赶去！由我们这边赶去！我们才是救助队！

镁烧完了，我们的火堆泛出红色。那里只留下无数的炭火余烬，我们在那上方低着头取暖，我们的火焰大信号也结束了。这个世界中，有什么被这个引发了呢？虽然痛苦，但是我知道，没有任何东西被这个引发起来！换句话说，它不过是一次没有被聆听到的祈祷。

算了。我想好好睡一觉。

5

黎明时分，我们用布擦拭机翼，在杯底收集了一杯混合夜露、油漆和油的液体。虽然恶心，但我们还是把那东西喝了下去。尽管百般不情愿，但我们至少沾湿了嘴唇。

在这场飨宴之后，普勒伏对我说："幸好还有这把手枪。"

我突然发起脾气，转身怀着敌意地对着他。此时此刻，我最痛恨的莫过于感情的流露。我有一种迫切的需要，认为一切都是无所谓的。出生是无所谓的，活着是无所谓的，渴死也是无所谓的。

我斜眼打量着普勒伏，如果有必要，我会揍他一顿好让他闭嘴。然而普勒伏很平静地跟我说话，他在谈论一个卫生问题，他说这话时就像在说"我们应该洗手"一样。于是我们都同意。昨天当我看到那只皮壳子的时候就已经想到了。我的想法很理智却并不伤感，只有人情才让人伤感。我们的无能为力，是因为我们无法让那些我们该对他们负责的人安心，而不是因为手枪。

人们依然没有寻找我们，不，更正确地说，应该是人们在别的地方寻找我们。大概是在阿拉伯内地寻找。明天以前，我们是不会听到飞机飞过的声音的，而那时我们或许已经抛弃了我们的飞机。所以我们对这种唯一的、遥远的路过已经不抱希望了。我们是混杂在沙漠里千万个黑点中的两个，不能指望别人能认出我们。人们以后谈到我所受的种种苦难的说法都不会准确。我并没有受苦，我只是觉得营救者在另一个宇宙。

要找到一架降落在约3000公里以外的沙漠上的情况不明的飞机，需要搜索15天，因为人们可能要从黎波里一直找到波斯湾。可是在今天，我还抱着这个渺茫的希望，因为除此之外再无别的指望。于是我改变策略，决定一个人去探险。普勒伏留下来准备火堆，等飞机经过就点火。但我们是不会有人眷顾的。

于是我出发了，我不知道自己是否有回来的力气。我想起有关利比亚沙漠的事情。撒哈拉沙漠有百分之四十的湿度，这里只有百分之十八，生命就像水蒸气般蒸发了。据游牧民族、旅行者和殖民地军队士兵的经验，人可以忍受19小时不喝水。过了20小时就会头晕目眩，眼前发黑，生命的终结开始，干渴的脚步有如闪电般迅速。

推翻一切预报，误导我们被钉在这座山丘上的那个不合时宜的东北风，现在似乎延长了我们的生命。但尽管这样，到天亮之前，究竟会延期多久呢？

我终于出发了。我的心情，就像是划着独木舟初到大海上似的。

事实上，黎明让这个光景的凄惨度缓和了些许。因此开始时，我双手插在口袋里，样子有如偷谷物的贼一般，信步走去。昨晚我们在几个神秘的洞口布下了几个圈套，我心中那种想当猎人捕猎的念头蠢蠢欲动。我首先去检查了圈套，但圈套全是空的。

就这样，我喝不到血。老实说，我原本就没有期待。

我没有感到失望，倒是好奇心被煽动起来。在沙漠中，那种动物是靠什么活下来的呢？那一定是叫作费涅克，也叫沙狐的兔子般大小的小型肉食兽，有一双巨大的耳朵。我克制不住好奇心，跟着其中一只的脚印走去。脚印引导我前往狭窄的沙河那边，脚印在那里全都非常清晰。那由扇形的三根趾头形成的美丽脚印，让我赞叹不已。我想象着我的这个朋友，黎明时分，静静地跳着走来走去，舔着石上露水的光景；这里脚印稀落，因为我的费涅克是用跑的；这里加进来一只同伙，于是它们并肩跑起来。我怀着奇妙的欣喜心情，看着它们的这个早晨的散步。这些生命的出现让我感到舒畅，暂时忘掉了自己的干渴……

最后我靠近沙狐们的谷仓。到了这里，大约每隔 100 米，会有汤盘粗的干燥小灌木，紧贴着沙冒出头来。树干上贴满小小的金色蜗牛，费涅克黎明时分出门采购。我在这里直接撞见了大自然的谜。

我的费涅克并不是遇见每一棵树都停下来。即使长满蜗牛的树，它也看都不看一眼。它在有些灌木边绕上一圈时，显然是十分小心谨慎的。它走到一些灌木跟前，没有对它们扫荡一空，从那树上只取下两三个蜗牛后，就换餐厅了。

难道它是为了让早晨散步的快乐持续下去，刻意不一次吃饱肚子的吗？我不认为如此。因为它的做法，跟必要的战略实在太过吻合了。如果费涅克在第一丛灌木上吃个够，那么它只要吃个两三顿，就应该会把灌木上的蜗牛吃光了。这样一来，每一棵树上蜗牛的繁殖都会荒废。但费涅克尽可能不去打扰播种。为了吃一顿饭，它不仅要换一百棵以上的灰色的灌木，也绝对不摘取并排在同一根枝丫上的两个蜗牛。一切全都以那个方式进行，就像它知道那个会有危险似的。如果它看到就吃，不久蜗牛就会灭绝。若是蜗牛没了，费涅克就无法生存了。

脚印把我导向巢穴。深处的费涅克，即使被我的脚步声惊动，应该也还是在听着我说话。我对它说："我的小沙狐呀！这次我真的完了，不可思议的是，即使处境这样悲惨，还是阻止不了我想要知道你是怎样存活的……"

我沉溺在梦想中片刻，显然人是任何事情都会习惯的。30 年后或许会死的这个想法，并不会伤害一个人的喜悦。30 年、3 天，总之，只不过是远近上的问题罢了。

但是某种影像不能忘记……

我终于又继续走自己的路。然而我很快就感到疲劳，随着疲劳，某种东西在我的内部发生了变化。事实上就是没有海市蜃楼，我也会把它们编造出来的。

"喂！"

我振臂高呼，然而直到刚才还不断挥舞着手的那个人，只不过是一块黑色的岩石罢了。一切都已经在沙漠中动起来。我想摇醒一个睡着了的游牧民族，他却变成了黑色的树干。树干？这种景象让我大吃一惊，于是我弯腰去看清楚；我想捡起一根折断的枯枝，可它变成了大理石！我直起身，环顾四周，我看到其他的大理石。一片洪荒以前的森林的断木枯枝铺了一地。10 万年前，在一次创世纪的大风暴中，它像一座教堂那样坍塌了。这些庞大的躯干，经过一个世纪又一个世纪的滚动，直到我来的这一天，磨得像钢块一样光滑，变成玻璃和化石，还带着墨汁的颜色。我仍然可以辨认出树的枝干，看出生命的扭曲，计算树的年轮。这座曾经鸟语花香的森林，受到了诅咒，变成了一片盐碱地。我感到这样的景色对我充满着敌意，比裹覆沙丘的那个铁盔甲还要乌黑的这些漂流物与我格格不入。一个活生生的我，在这些不朽的石头中间做什么呢？我这个不堪一击，不久便会腐朽的身体，到这永恒之地来做什么呢？

从昨天以来，我已经走了 80 公里。我的晕眩，显然是因为干渴，也或者是因为太阳。太阳在这些有如用油涂过的树干上灿烂耀眼，太阳在这块土地上灿烂耀眼。这里已经没有沙也没有狐狸，这里有的只是一个巨大的铁砧板，而我则走在这个铁砧板上。我感觉到太阳在脑海中怒吼：喂！那边……

“喂！喂！”

“那边什么也没有。不要紧张，你脑筋不正常了。”我对自己这样说，因为我有必要找回自己的理性。要拒绝自己的眼睛可以看到的东西非常困难。我在那边可以看到商队……对吧？可以看到吧……？要我不朝向那边奔去非常困难……

“笨死了，你自己不是也知道吗？那是你想象出来的东西……”

“如果是那样的话，这个世界就没有一样东西是真实的了……”

除了 20 公里前方那座小山上的十字架，没有一样东西是真实的。这是个十字架，还是灯塔……

但那并不是海的方向。如果是那样的话，应该是十字架。昨晚我一直都在研究地图。我的工作是白费力气，因为我不知道自己的位置。但是我把所有表示有人烟的标记都看了一遍。我在那张地图的什么地方的小圆点儿上，找到记载着跟这个非常相似的十字架。我试着查询图例，上面写着“宗教建筑”。在十字架旁边，我看到一个小黑点儿，图例上写着“自流井”，我的心头猛地一震，我提高声音重复读着：“自流井……自流井……自流井……”《一千零一夜》故事中的阿里巴巴所有的宝物加起来，也比不上这口自流井的价值。我注意到不远的地方有两个白点儿。我读着图例——“间歇井”，这就已经没有那么美了。那周围什么都不存在，一切都不存在。

看！我的宗教建筑就在那里。教士们在小山上竖起巨大的十字架，作为招来遇难者的标志！我只要朝那个十字架走去就行了，我只要朝那些多米尼加教士跑去就行了……

“可是利比亚应该只有科普特派的修道院才对。”

“……到那些勤勉的多米尼加教士那里去。他们有铺着红砖，干净、漂亮的厨房。在院子里，还有一个美妙的生锈的水泵，你一定猜到了，在水泵底下，就是那口自流井！啊！在我去敲响门，在我去拉那口大钟的绳索后，那里就要欢庆一片啦……”

“笨死了，你现在描绘的，不是普罗旺斯一户人家的光景吗？那里根本就没有钟。”

“……只要我敲响那口大钟！守门人双手就会伸向半空中，对我大叫道：‘你是主的使者！’他会把所有的教士都唤来。教士们全都跑来，有如穷孩子般祝贺我，并把我推到厨房去，对我说：‘稍等一下，我的孩子……我们现在就到自流井那边去……’”

于是我会幸福得颤抖起来……

不，不，我不会为小山上的十字架消失这点儿小事而哭。

西方的承诺全都是虚假。我改变方向朝正北方走去。

正北方至少充满大海之歌。

啊！越过那个山顶就是一望无际的地平线。咦！那是世界上最美的城市。

“你不是知道那是海市蜃楼吗……”

我非常清楚，那是海市蜃楼。谁也不能欺骗我。但如果我乐意进入海市蜃楼呢？如果我乐意怀抱希望呢？如果我乐意爱上这座筑有城墙、阳光灿烂的城市呢？如果我乐意迈着轻快的步子往前走，既然我不再感到劳累，既然我是幸福的……普勒伏和他的手枪，真是太可笑了！我宁愿自我陶醉。我醉了。我就要渴死了！

黄昏让我清醒。我为自己来到这么远的地方感到吃惊，我突然停下脚步。天一暗下来，海市蜃楼就消失了。水泵、宫殿、僧服都在地平线上消失了，只剩下无边无际的沙漠。

“你来到很远的地方！夜晚正准备捕捉你，你必须一直待到明天，到了明天，你的脚印就会消失，于是你在世界的什么地方都不存在。”

“既然这样，还是一直往前走的好……走回头路的话，一点儿用处都没有。或许我就要，我就要张开双臂拥抱大海了……”

“你是在哪里看到海的？而且你根本就无法到大海那里去。到大海那里去，应该还有 300 公里。再说普勒伏还在‘沙漠热风’号旁边等着！或许他已经被某支商队发现了。”

是的，我还是回去的好，不过我要先喊一喊人看看。

“喂！”

这个地球上，本来不是应该住着人的吗……

“喂！人啊……”

我的声音嘶哑。我已经发不出声音。我觉得这样叫喊的自己很可笑……我再一次叫道：“人啊！”

那叫声发出夸张的、装腔作势的回响。

我转身回去。

走了两个钟头时，我看到以为我迷路了的普勒伏急忙向天空投掷上去的火焰。原来如此……但是那火焰对我来说可有可无……

我还剩下一个钟头的步行……还剩下 500 米……还剩下 100 米……还剩下 50 米。

“啊！”

我呆若木鸡地停在那里。喜悦充满我的心中，我一直克制着那强烈的兴奋。被炭火余烬照耀着的普勒伏，和背倚着发动机的两个阿拉伯人在说着话。他还没有注意到我，他快乐得无暇他顾。啊！如果我像他那样在飞机旁边等待着……我应该已经被救出去了！

我快活地叫道：“喂！”

两个阿拉伯人吃惊地看着我。普勒伏扔下他们，向我冲过来。我张开手臂。普勒伏撑住我的手臂，难道我快要倒下去了吗？

我对他说：“真是太好了！”

“什么太好了？”

“那两个阿拉伯人嘛！”

“什么阿拉伯人？”

“和你一起在那里的两个阿拉伯人嘛……”

普勒伏露出不可思议的表情，一直凝视着我。我可以感觉到他要向我坦承重大的秘密——虽然很不情愿。

“根本就没有阿拉伯人……”

似乎这次我真的要哭了。

6

人在这里没有水似乎可以活 19 小时。可是从昨天傍晚起，我们喝了什么呢？只在黎明时分喝了几滴露水！当然那场东北风还是继续吹着，显然多少延迟了我们的蒸发。这风还有助于高空乌云的形成。啊！若是那云能够来到我们这里的话，若是能够降下雨来的话！但在这个沙漠中，是绝对不会降雨的。

“普勒伏，把一具降落伞剪成三角形，用石头压住，在地面上摊开。如果风势没有变，黎明时分，用布拭取，或许能够集满一个燃料箱的露水。”

我们在星星下方并排六块白色的三角布。普勒伏拆下一个燃料箱。我们只等待天亮了。

普勒伏在残骸中找到一颗神奇的橘子。我们一人分一半。我高兴得几乎要疯了，但是需要 20 升水的时候，一颗橘子实在太少了。

躺在夜晚的火堆旁，我凝视着这个灿烂的果实，对自己说：“世人不知道一颗橘子有多么珍贵……”我又说：“我们被宣判了死刑。然而这次也是一样，这个确凿的事实并不妨碍我的喜悦。我手中紧握住的这半颗橘子，是我一生最大的喜悦之一……”我仰面躺着，啜饮自己的果实，数着流星。有一阵子，我感到无穷尽的幸福。我又自言自语：“我们现在遵从其秩序活着的这个世界，如果不深陷绝境，是无法知晓其奥秘的。”现在我才知道死刑囚犯的那一杯朗姆酒、一支香烟的意义。以前我不明白为什么死刑囚犯要收受那样细微的东西，但他实际上从那里享受到许多快乐。如果他微笑，人们会以为这个死刑囚犯很有勇气，但是他是因为朗姆酒很好喝而微笑。别人并不知道，他改变了角度，把这最后一小时当成了他的整个人生。

我们收集到大量的水，大约两升。干渴呀！再见。我们得救了。我们要喝水啦！

我从燃料箱中，舀了一锡杯。然而这水呈“漂亮”的黄绿色，并且从第一口开始，我就知道其可怕的味道。因此虽然为干渴而苦恼，但在喝进这一口前，我首先倒抽了一口冷气。虽然早已料到大概就像喝烂泥似的，可是这个有毒的金属气味，还是比我的干渴要强烈。

只见普勒伏有如在仔细寻找什么般，凝视着地面，来回兜着圈子。突然间，他趴倒下去吐了，然后依然继续来回兜着圈子。30 秒后轮到我。我抽搐得非常厉害，跪倒下去，手指插进沙中呕吐。我们彼此一句话也不说，15 分钟内，我们就这样挣扎着，吐出些许胆汁来。

终于结束了。我只是偶尔有恶心的感觉，但是我们失去了最后的希望。我不知道这个失败是降落伞的油漆造成的，还是燃料箱沉淀的氯化物造成的。我们应该用别的器皿，或者别的布。

快点儿！天已经亮了。出发！我们要离开这个受到诅咒的山丘，大步、笔直地向前走去，直到倒地为止。我以安第斯山中的吉约梅为榜样。事实上从昨天起，我就不断想起他的经验。我违反了绝对不可以离开飞机残骸附近的那个严厉命令，已经可以断定人们不会到这里来寻找我们了。

另外，我们也知道自己并非遇难者。遇难者是等待我们的人！是受到我们的沉默威胁的人，是已经因可怕的错误而在悲叹的人。我们不能不朝他们奔过去。吉约梅从安第斯山的遇难中生还时，他也对我说：他是朝向遇难者赶去的！这真的是世界性的事实。

普勒伏说："如果我不是有家人，早就躺下来了。"

我们朝着东北偏东方向笔直走去。若是我们迫降前已经过了尼罗河，那么我们现在应该正一步一步进入阿拉伯沙漠内陆深处。

这一天的事情，我只能回想起些许。我回想起来的，只有自己的匆忙：朝一切事物的匆忙，朝自己的没落的匆忙。我也回想起自己是凝视着地面走去的，我已经对海市蜃楼深恶痛绝；我们不时以罗盘修正方向，为了振奋精神，我们也不时躺下来；我把为了准备过夜带来的雨衣，丢弃在什么地方。除了这些，我什么都不知道。我的回忆在黄昏的凉爽降临后，才又能够连接起来。我也变成有如沙一般的东西，一切都在我的身上消失。

日落后，我们决定夜宿。我也知道今晚若是没有水就没命了，所以必须走更远。但是我们带来了那个降落伞的布制圈套，如果那个毒不是因为油漆，明天早晨我们应该可以喝水。不妨在星星下，再度摊开捕捉夜露的圈套看看。

可是北方的天空中，今晚完全没有云。而且风的味道变了，风的方向也变了。沙漠温热的风，已经在碰触我们的肌肤。这是猛兽的觉醒，我感觉得出来，它在舔我们的手、我们的脸……

我如果再走下去，已经走不上 10 公里了。三天以来，完全没有喝一滴水，我走了 180 公里……

可是正要停下来时，普勒伏说："看，那确实是湖水呢！"

"你也疯了！"

"日暮的这个时间，怎么可能出现海市蜃楼？"

我什么也不回答。从很久以前起，我已经决定不相信自己的眼睛。或许那不是海市蜃楼，但如果是那样的话，那一定是我们的疯狂的发明。为什么普勒伏现在还相信呢？

普勒伏坚持说："地方很近，大约 20 分钟就可以到，我去看看……"

他的顽固让我生气：

"去吧！去呼吸新鲜空气吧……因为那对健康有益。只不过你的那个湖即使存在，也是咸水，要有心理准备。即使不是咸水，也是在很远的地方。总之，那样的东西根本就不存在。"

普勒伏眼睛直视前方，已经走起来。这种难以抵抗的诱惑，我知道得很清楚，看着普勒伏走去，我心里想着："也有一头撞进火车头下方去的梦游症患者。"我知道得很清楚，普勒伏应该不会回来了。被空虚给予的眩惑捉去，他应该无法回来才对。我会在不远的前方倒下去。而他则在那边，我在这里，分别死去，但是这种事情一点儿也不重要！

我从这个对自己感受的毫不关心中，看出非常不好的预兆。有一次几乎溺毙时，我感受到和这相同的心平气和。不过我决定利用这个平静的心情写下遗书。我趴在石头上开始写。遗书写得优美得体。遗书中，我不断罗列出贤明的忠告。重读一遍时，我隐约感觉到虚荣和喜悦。别人大概会说："真是伟大的遗书，这个人死了实在可惜！"

我也想了解自己的生命。我试着在口中弄出唾液来，我已经有几个钟头没有吐唾液了？我已经没有唾液了。嘴巴一闭上，黏稠的物质就堵住嘴唇。那物质干了以后外侧形成坚硬的块状物，但我还可以吞东西，而且我的眼睛还没有发眩。若是周围的景色开始变得眩目起来，那么我的生命就只剩下两小时了。

夜色彻底变浓。从前一天晚上开始，月亮变大了。普勒伏没有回来。我仰躺着，一直思索像这样的显而易见的事情。我在自己的脑海中找出一个古老的回忆，我努力要让那回忆变清晰。我那个时候……我那个时候……我那个时候坐船出航！我在前往南美途中，像现在这样躺在甲板上。桅杆前端在星星之间，非常平静地上下左右摇晃着。这里虽然没有桅杆，但我也还是在坐船出航，朝着跟自己的努力无关的方向驶去。奴隶掮客把我捆起来，扔进船中。

我想着没有回来的普勒伏，我一次也没有听过他的哀叹，这真是太好了。我应该无法忍受别人泣诉。普勒伏是个男子汉大丈夫。

咦！他在离我 500 米的地方摇晃油灯！他找不到脚印了！我

没有可以回答他的油灯，我站立起来，大声叫喊，但是他听不到。

第二盏油灯在离那里 200 米处点亮，还有一盏，第三盏油灯，咦咦，简直就像狩猎般出来找我！

我叫道："喂！"

但他们似乎听不到。

三盏油灯一直在互相交换信号。

今晚我的脑筋很清楚，感觉也很舒畅，心情也很平静。我集中精神看着。油灯确实有三盏，在 500 米处。

"喂！"

但他们还是听不到。

于是我一时不知所措。这是我感受到的唯一的不知所措。咦！我还能跑。"等一等。"啊，他们走掉了！他们去找别的地方了，可是我已经快要倒下去了！就在有那么多臂膀来迎接我的时候，我却跌倒在生命的门槛边……

"喂！喂！"

"喂！"

他们在回答我呢！我气喘吁吁，我气喘吁吁，但还是跑着。我朝声音的方向跑去。"喂！"我看到普勒伏倒了下去。

"啊！看到那么多盏油灯时，我真是……"

"什么油灯？"

是的，是那样没错，他是一个人。

这次我没有感到任何失望，只有沉重的愤怒。

"你的湖水呢？"

“我越是前进湖水就离我越远。我朝那湖水走了30分钟，之后感觉太远了。我就折返回来了，不过这样一来，我越发确信那是湖水……”

“你疯了，完全疯了。啊！怎么办呢？为什么你要那样做呢……为什么？”

你做的是什么事情呀？为什么做出那种事情呢？我懊恼得哭了，我不知道自己在懊恼什么。然而普勒伏用几乎听不见的声音说：“我想要水……因为你的嘴唇是那样惨白！”

啊！原来如此，我的愤怒沉寂了下去……我就像刚醒来那样，搓着自己的额头。我感到落寞。

我平静地说：“我看到三盏油灯，就和现在这样看着你一样，我看得非常清楚，绝对没有弄错……普勒伏，我看得非常清楚！”

开始时，普勒伏一言不发，最后他坦承：“是的，显然已经不行了。”

在这个不含水蒸气的空气下，地表不断冷却。天气已经非常冷了。我起身走着，可是不一会儿，我就感受到难忍的颤抖。我那失去水分的血液，循环变得不好，有如扎刺般的寒气，沁透全身。这不单是夜晚的寒冷。我的下巴在打战，全身哆嗦不已。手指震颤得非常厉害，无法使用手电筒。以前我并不怕冷，然而现在却快要冻死，干渴所造成的这个结果是多么不可思议呀！

酷暑中，因为太累赘，我不知道把雨衣弃置在什么地方了。可是风越来越大。我发现沙漠中，根本就没有藏身之处，沙漠有如大理石般平坦。沙漠白天不会形成阴影，夜里则把我们变得赤裸，任凭风吹。没有可以让身体倚靠的一棵树、一堵墙、一块石头，风有如视野良好的平地上的骑兵队般四处追赶我。为了逃跑，我忙得不可开交。我躺下，我起身。但不管是躺下还是起身，我都处在冰的鞭打下。我已经跑不动，已经没有力气。我无法逃出杀人犯的手心，于是跪倒下去，双手蒙住脸，埋进沙中。

过了片刻，我回过神来，起身。我朝自己的前方笔直地走去，全身依然颤抖不已！我在哪里呢？是的，刚才我正在走着。远处传来普勒伏的声音！他的呼叫声让我醒来……

我回到他那里去，身体依然在颤抖、打嗝下拼命挣扎着。我自言自语："这不是寒冷造成的，这是不同的情况。死期终于来临了。"我失去太多的水分了。前天和昨天，单独出去的时候，我走得太远了。

因寒冷而死太痛苦了。我还是喜欢自己心中的海市蜃楼，那十字架、那树木、那油灯，不知不觉间，那些东西变成让我感到高兴的东西。我不喜欢像奴隶那样不断遭受鞭笞……

我又趴倒下去。

我们带来一些药品。100 克纯乙醚、100 克 90 度的酒精及一瓶碘酒。我喝下两三口纯乙醚试试，简直就像在吞进小刀似的。接着喝一点儿 90 度的酒精试试，这个哽在喉咙吞不下去。

我在沙中挖了一个洞，睡在里头，用沙把自己裹起来。只有脸露在外面。普勒伏捡来木片，烧了火堆，但很快就烧光了。普勒伏拒绝埋进沙中，他似乎用跺脚让身体暖和，但这不是个好主意。

我的喉咙发紧，这是很坏的征兆，但我的心情相当好。我很镇静，我很镇静地处在一切希望的彼岸。我在从事不情愿的旅行，在星星下方，被捆在奴隶船的甲板上。然而我似乎一点儿都不感到自己是不幸的……

只要不动肌肉，我就感觉不到冷。一动不动，我忘掉睡在沙下的自己的肉体，我已经不打算再动了，因为那样的话，我应该就可以永远不必受苦。实际上，人的痛苦只有一点点而已……苦恼当然是有的，但其背后，事实上是疲劳和妄想如交响乐般地交织。因此一切都变成了画本，变成了有点儿残忍的童话。刚才风有如狩猎般四处追逐我。为了摆脱风，我像动物那样兜着圈子四处奔逃。接着我呼吸困难起来，有如被人用膝盖顶住胸口。对着这个天使的重量[①]，我用膝盖战斗着。在沙漠中，我一次也没有感到孤独过。现在我已经不再相信环绕在自己四周的东西，钻进自己内部，闭上眼睛，睫毛动也不动一下。各种回忆的奔流，推拥着我流去，我可以感觉到奔流前往之处，平静的思绪在等着我。河不就是流进深海中不久后就变得平静的吗？

我所爱的人们，再见了，人的肉体三天不喝水就很难活下去，但那并不是我的错。事实上，我也不知道自己会成为泉水的囚犯到这个程度。我没料到人的忍耐力竟是如此薄弱。通常人相信人类是可以依照自己的想法笔直前进的，通常人相信人类是自由的，通常人看不到将人类和井相连的绳索，就像脐带那样，把人类和

---

①雅各布和天使格斗的故事。《创世记》第32章24～32节。

大地的腹部相连的那条绳索；离开井一步，人类就会死亡。

除了你们的痛苦，我没有任何遗憾。总之，我是幸运的。万一我能回去，我还打算重新开始。我需要活下去。城市已经没有人类的生活。

我并不是在说有关航空的事情。飞机不是目的，只不过是手段。人把性命豁出去并不是为了飞机。就跟农夫耕种，绝对不是为了他的锄头一样。但是人通过飞机，可以离开城市和他们的会计师，看出农夫的真实。

人试着做人类的工作，这才知道人类的苦恼。人接触风、星星、夜晚、沙和海，人面对自然的力量，思索策略。人等待黎明，就像园丁等待春天那样；人等待机场，就像等待神要赐予的乐园那样。人在星星之间，寻找自己本来的身影。

我并没有想要倾诉。三天以来，我走着，我干渴，我追逐沙上的脚印，我把夜露当作自己的希望，我忘了自己住在地球上的什么地方，我试图找到同类。这一切正是生物应该拥有的关心。无论如何，我都不能不认为这比选择今晚要去的音乐厅更为重要。

我已经无法理解郊外列车上的市民，无法理解虽然相信自己是人类，但事实上经过他们没有感觉到的压力，已经退化成像蚂蚁般的东西的那些人。他们空闲时，是以什么充满自己那愚蠢的星期日呢？

有一次，在俄国，我在一家工厂听莫扎特作品的演奏。我把那件事情写出来后，收到了 200 封咒骂斥责的信。我不恨比起莫扎特来更喜欢通俗闹剧的人，他们不知道除了那以外的歌曲。我痛恨的是通俗闹剧剧场的主人，我不能忍受人使人类堕落。

我在自己的职业中是幸福的。我认为自己是耕种机场的农夫。比起这个沙漠让我感受到的垂死感，郊外列车上的感受要更为痛苦！总之，在这里，不管怎么说，我都是死得其所……

我没有任何遗憾。我下了赌注，结果输了。这对从事我们这个行业的人来说也很平常。无论如何，我总算是呼吸过海风了。

曾经品尝过那种风的人，都忘不了这种滋味。我的同事们，难道不是那样的吗？问题绝对不在于过的是危险的生活。这个说法有些狂妄。我不喜欢斗牛士，我爱的不是危险。我知道自己爱什么，那就是生命。

天空已经发白。我从沙中伸出一只手来，一个圈套在我伸手可及之处。我摸了摸，干巴巴的。再等一等，因为夜露是在破晓时分降下的。然而天越来越亮，我们的布并没有被打湿。看了这个，我的脑海中有些混乱起来，我听到自己的说话声："这里的心干涸了……干涸了……整个干涸了，所以一滴眼泪也挤不出来……"

"普勒伏，出发吧！我们的喉咙还没有完全堵死，非走不可。"

7

西风用 19 个钟头把人吹成人干。我的食道还没有彻底封闭，但是我感觉僵硬疼痛，那里已经可以感觉到像是有什么在搔痒似的。听别人说起过的那个咳嗽不久应该就会开始。我等待着。舌头碍事，比那更重要的是，我已经看到眩目的斑点。这个斑点变成火焰时，就是我倒地不起的时候。

我们利用黎明的清凉快步地走着。我们知道要是太阳出来，我们就走不动了；要是太阳出来……

我们没有出汗的权利。不止如此，我们甚至没有等待的权利。这个清凉，只不过是湿度百分之十八造成的清凉。风从沙漠吹来，在这个虚伪的温柔爱抚下，我们的血液慢慢蒸发。

第一天，我们吃了一些葡萄。三天以来，只有半颗橘子、半块蛋糕。即使有食物，我们要到哪里去找咀嚼那食物的唾液呢？但是我一点儿都不觉得饿。感觉到的，只有渴。另外，我还感觉到从现在起，显然比起干渴来，我应该会更加感觉到干渴造成的结果。这个僵硬的喉咙，这个石膏似的舌头，这个口中的痒痒的感觉，以及难忍的味道。对我来说，这些感觉都是崭新的。大概水可以治愈这个，但是我完全不记得将这个感觉和名叫“水”的那个救助法联结起来的理由。虽然干渴越发形成一种痼疾，但也越发变成不再是一个欲望。

我觉得泉水和水果的形象似乎已经不那么让人心碎了。我忘了橘子的灿烂，就像忘了自己的柔情。或许我已经把一切都忘光了也说不定。

我们坐下来，但还得再出发。我们放弃了漫长的跋涉，走了 500 米，就瘫倒了下来。我非常喜欢躺在那里，但还要继续往前走。

景色改变了，石头变得疏疏落落。现在我们走在沙上。前方两公里处有沙丘，上面有几个矮小植物的斑点。比起钢铁盔甲来，我还是喜欢沙。这是亚麻色的沙漠，这是撒哈拉。总觉得似乎很眼熟……

现在我们走 200 米就瘫倒下来。

“无论如何都要走，一定要走到那棵灌木那边。”

这个范围很不合理。八天后我们为了寻找“沙漠热风”号，开车追踪自己的脚印，算出这个最后的逃离尝试是 80 公里，所以这个时候我走了将近 200 公里。我怎么还走得动呢？

昨天，我毫无希望地走着。今天，连毫无希望这句话都失去了意义。今天我们是为了走路而走路，公牛耕地大概就是这个样子。昨天，我梦见橘子林的天堂。但是今天，天堂对于我来说已经不复存在了，我甚至不相信有橘子存在。

我在自己心中，除了非常干涸的感情，什么也找不出来。我即将倒下去，但我却不知道什么是绝望，我甚至没有痛苦。我为此感到遗憾，因为痛苦应该会像水那样让我觉得温柔。人是怜悯自己的，人像朋友那样安慰自己。然而在这个世界上，我已经一个朋友也没有了。

当人们找到我的时候，我两眼赤热，人们以为我曾大声呼救，受过许多折磨。但是激动、懊恼和温柔的折磨都还可以算是一些财富，而我已经一无所有。清纯烂漫的少女，在她们初恋的夜晚，学会了悲伤并为之落泪。悲伤是和生命的颤动联系在一起的，而我已经不再有悲伤……

沙漠，就是我。我不仅已经没有唾液，就连对着沙漠哭泣的温柔影像也不再出现。太阳在我身上，把泪腺烤干了。

然而我看到了什么呢？一阵希望有如海上的疾风般，从我上方吹拂而过。打击我的意识前先来触摸我的本能的这个信号，是什么呢？没有发生任何变化，但一切都改变了。这个沙的桌布，这些沙的起伏，以及那个隐约的绿色斑点，造出的不是风景，而是舞台。仍然空虚的舞台，但是一切都已准备妥当的舞台。我注视着普勒伏。他也跟我一样惊呆了，但他还不知道自己感觉到了什么。

我敢断定，一定会发生什么事情……

我敢断定，沙漠恢复了活力；我敢断定，这种空旷、这种沉默，突然间变成远比公众广场的喧嚣更令人感动的事物……

我们获救了，沙上发现了人的脚印……

没错！我们曾经失去人类的踪迹，曾经与世隔绝，曾经感到自己在世界上孤苦无依、被熙熙攘攘的人群遗忘，而现在，我们在沙地上，发现了人类的神奇的足迹。

“普勒伏，有两个人在这里分手……”

“有一头骆驼在这里跪下……”

“这里……”

然而我们还是没有获救，只是等待是不行的。再过两三个小时，人们就再也无法救出我们了。一旦开始咳嗽，干渴的脚步就会变得非常急速。可是我们的喉咙即将……

可是我们相信这支商队，相信不知在沙漠的什么地方悠闲摇晃的这支商队。

所以我们仍然继续走去。这时候，我突然听到公鸡的歌声。吉约梅曾经说过：“最后我在安第斯山中听到公鸡的声音，我也听到火车的声音。”

公鸡啼鸣的那一瞬间，我想起他的这句话，对自己说：“开始时眼睛欺骗我，那似乎是干渴的结果。耳朵应该抵抗得更多……”

可是普勒伏抓住我的手腕问：“听到了吗？”

“听到什么？”

“鸡叫声啊！”

“这么说……这么说……”

这么说，那还用说，笨蛋，这就是生命……

不久之前，我被最后的幻影捕捉住了。那是三只边追赶边奔跑的狗，而普勒伏什么也没有看到。可是现在向这个游牧人伸出手去的是我们两个人，对着他气喘吁吁的是我们两个人，为这个喜悦而笑的是我们两个人……

然而我们的声音连 30 米外也传不到。我们的声带已经干涸。我们之间是在互相低语，我们甚至连这一点也没有察觉！

可是从小山后面现身的那个游牧人和他的骆驼，现在竟然静静地远去。这样看来，也许他是一个人。残忍的魔鬼让我们看到他，又把他带走……

然而我们已经跑不动了！

另一个游牧人从那沙丘上露出侧脸。我们呼喊着，但只能发出低低的声音。于是我们挥舞手臂，我们觉得自己是在用巨大的信号充满天空。但那个游牧人依然一直看着右边。

可是突然间，他开始不紧不慢地转过头。他的正面应该会朝向这边，在那同一瞬间，一切都会解除。就在他会看到我们的那个瞬间，他应该会在我们身上去除干渴、死亡和海市蜃楼。他已经开始在做会改变世界的四分之一的转身。他每动一下上半身，每动一下他的视线，都是在创造生命。在我看来，他仿佛是神……

这真是奇迹……他从沙地上向我们走来，就像漂渡海上的神那样……

游牧人若无其事地看着我们，他双手按住我们的肩膀。我们服从地躺下来。这个时候，已经没有人种，没有语言，也没有歧视……有的只是在我们的肩上放下天使的手的这个穷游牧人。

我们的额头埋进沙中等待着。现在我们趴在地上喝着水，头伸进容器里，仿佛小牛犊一般。游牧人毫不害怕，不断地要我们休息。可是他的手一松开，我们立刻又把脸埋进水中。

啊！水。

水呀！你没有气味，没有颜色，也没有风味，无法为你定义，人只是不知道你，品尝你。你不需要生命，你就是生命。你用难以言喻的喜悦满足着我们。曾经被我们放弃过一次的所有能力，跟你一起，再度返回我们的身体。在你的恩宠下，我们身上干涸的心泉，一切又都喷涌出来。

你是全世界最大的财宝，你也是最纤细的财宝，在大地的胎内，纯粹到这个程度的你。在含氧化镁的水泉上，人或许会死；在咸湖边，人或许会死；即使有两升含分离盐类的夜露，人或许还是会死。你不允许掺杂，你无法忍受不纯，你是固执的神……

然而你在我们身上展开无限单纯的幸福。

救助我们的你，利比亚的游牧人呀！或许你将永远从我的记忆中消失。我怎么也想不起你的脸来。你是“人类”，所以你同时以所有人类的面孔，出现在我的面前。你一次也没有凝视过我们的脸，然而你却认识我们。你是值得敬爱的同胞。所以我想以我的顺序，在所有的人类中认识你。

在我的眼中，你是充满高贵和亲切、具有给予水的力量的帝王。我所有的朋友、所有的敌人，都经过你向我这边走来，所以我在这个世界上，已经一个敌人也不存在了。

第八章　人类

1

又一次，我碰到了一个我无法理解的真理。我以为自己无法获救，我以为自己抵达了绝望的谷底，可是一旦死心后，我才知道什么是和平。显然在那样生死存亡的时刻，人会看出自己的真面目，也会成为自己的朋友。任何事物都无法胜过在我心中以前所不知道的、会满足某种难以言喻的本质欲望的那个充实感。我想，追逐风、身心疲惫不堪的波纳夫，应该知道这种静谧。吉约梅也曾在雪中体会到。至于我自己，我无法忘记全身埋在沙子里，被干渴扼住喉咙，仰望星空时，内心却依然炽热的情景。

要如何才能促成在我们心中的这种解脱呢？我们非常清楚地知道，人类的一切都是矛盾的。有人能够随心所欲倾力在创作上，不必担心生活的问题后，就睡着了。胜利的征服者不久就变得软弱，让慷慨的人拥有钱他就变成了守财奴。即使是宣称要让人类幸福的政治上的主义，如果我们事先不知道那个主义要让怎样的人类幸福，对我们来说，究竟有什么价值呢？谁会出生呢？我们并不是只要有粮食就满足的牲畜，并且对我们来说，一个穷帕斯卡的出现，远比乱七八糟的富豪的出现更有价值。

我们无法预测什么才是本质。我们每个人都曾在完全料想不到的地方，感受过世上所有的温暖喜悦，以至于我们对过去的苦难念念不忘。因此即使给予那个喜悦的原因是苦难，那么连那个苦难我们也都会怀念。在与同事的重逢中，我们全都感受到了苦涩回忆的喜悦。

除了让我们变成丰富的未知条件，我们还知道什么呢？人类的真实，究竟栖宿在什么地方呢？

真理是无法自我论证的。如果橘子树是在这个土地，而不是在别的土地上扎下结实的根，结出许多果实，那么这个土地就是橘子树的真理。如果这个宗教、这种文化、这个价值标准、这种活动方式，而不是其他的什么东西，可以丰富和发展人，可以发挥它潜在的高贵品质，那就是说，这个价值标准、这种文化、这种活动方式是人类的真理。那么理论呢？让它自己设法向生活交差吧。

在这本书中，我谈的是这样一些人，他们服从了崇高的使命，选择了沙漠或航空，就像有些人选择了修道院一样。但如果你觉得我是在建议你首先去赞美那些人的话，那我就是违背了自己的初衷。而首先应该赞美的，是孕育出了人类的土地。

使命当然会发挥作用。有些人终身都把自己关在内心深处的小屋里，有些人则朝着必需的方向开拓前行的道路。人经常可以在他们少年时期的历史中，找到解释他们命运的激情。只不过历史在事后读起来总是让人产生误解。事实上，那种激情几乎在任何人身上都可以找到。我们一定都看到过，在海难或火灾之夜，许多小商人，表现出了与他们平时完全不相称的伟大举止。但是这些人对于自己发挥全部能力的特质，没有抱过大的期望。因为这场火灾在他们的一生中，是作为例外的唯一夜晚留下来的。由于没有新的机会，没有适当的土地，没有严格的宗教，所以他们不相信自己的伟大，再度沉睡下去。使命当然会帮助人解放自己，但使命同样也需要得到解放。

空中的夜晚，沙漠的夜晚……这些一定都是罕见的机会，不是每个人都可以获得的。然而在环境的驱使下，他们都表现出同样的需要。关于这一点，如果在这里说出让我受教良多的西班牙的那一夜，应该不算跑题。我谈精英谈得太多了，现在我想谈一谈普通人。

那是我担任战地记者去采访马德里战线时的事情。那天晚上，我在地下防空壕深处，和一个年轻的上尉同桌吃饭。

2

电话铃响起时，我们正说得津津有味。在听筒旁，上尉和对方进行了漫长的对话。总部命令发动局部攻击，这是一个不合理的同时也是绝望的攻击命令。命令内容是占领位于这个郊外工人大街上的成为水泥堡垒的建筑物。上尉耸耸肩膀，回到我们这边来。“我们当中打头阵的，站出来……”接着，他向在场的一个中士和我，递出两杯白兰地。

他对那个中士说：“你和我第一个冲出去。喝吧！然后去睡觉。”

中士去睡了。我们约有12个人围在桌子旁边值夜。这个密封得一丝灯光也泄露不出去的室内，光线非常强烈，使我不断眨着眼睛。大约5分钟前，我从一个枪孔中窥看外面。取下堵住隙缝的破布，在降下深渊之光的月光下，只见鬼屋般的废墟横躺在那里。把破布塞回去时，我觉得月光就像流动的油被擦拭般消失。就因为这样，我的眼中现在也还是留着深绿色的堡垒印象。

这些士兵大概不会活着回来了，但他们都很拘谨、缄默。这场突击是正规的命令。从人的储备库里选出一些人，就像从谷仓里取出粮食一样，撒出一把谷粒，为了播种。

我们把白兰地都喝完了。我右边的人在下棋，左边的人在开玩笑。这里究竟是哪儿呢？一个醉汉走进来。他搓着下巴上拉碴的胡须，温柔的视线在我们身上移来移去，最后停在白兰地酒瓶上，挪开后又返回到酒瓶上。他带着哀求的神情转向上尉，上尉低声笑了，那个醉汉，由于被赋予了希望，也笑了。轻松的笑传染了在场的人。上尉悄悄收回酒瓶，那个人显露出绝望的表情，于是这时候开始了孩子气的游戏—— 一种无言的舞蹈。那跟浓烈的香烟的烟、熬夜的疲劳，以及不久即将开始的攻击联想起来看，总觉得就像做梦似的。

我们把自己关在暖和的船舱内玩着游戏，而在外面，像海浪般的爆炸声一阵高过一阵。

这些士兵不久即将在战斗之夜的水中，洗掉他们的汗，消除他们的酒气，摆脱掉等待时的污垢。我感觉出他们的净化已经迫在眉睫。然而他们还在跳舞，能跳多久就跳多久，一直在跳醉汉与酒瓶之舞；他们持续着，能持续多久就持续多久，一直在持续着这盘棋的胜负。他们要让生命尽可能长久地持续下去。他们在柜子上摆了一个调好的闹钟，而铃声不久就会响起。那时候这些士兵就会起身，会伸伸懒腰，会重新系好皮带；那时候上尉会解下手枪；那时候醉汉会清醒过来。那时候他们会不慌不忙地利用缓缓倾斜上升的走廊，到一个月光显出湛蓝色光芒的长方形门口去。他们会说出“突击”“好冷”之类简单的话语，接着他们会冲过去。

时间到了，我看到那个中士醒了。他在杂乱的地窖中，躺在铁床上。我曾凝视睡着的他，我觉得自己也体会过这种无忧无虑、幸福无比的睡眠，他使我想起我在利比亚沙漠的第一天。那天，我和普勒伏坠落在沙漠里，在没有饮用水的情况下，像是被命运判了死刑。在我们还没有受到口渴的威胁之前，我们睡了一觉——唯一的一次——整整两小时。我曾经觉得，我在沉睡中使用了一种奇妙的能力，可以让我拒绝现实世界的权力。我的身体还受我的控制，还没有打扰我内心的平静。当我把脸埋在臂弯里时，并没有感觉出任何可以将那一夜和幸福的一夜区别出来的事物。

中士就这样休憩着，缩成一团，不像人的模样。来叫醒他的士兵把蜡烛插进瓶口，点燃。一开始，我分辨不出这堆不成形的物体是什么，除了两只旧靴子。上了铁钉铁掌的大靴子，是短工或搬运工穿的那种靴子。

这个人脚上穿的是工具，全身上下穿的都是工具：子弹盒、手枪、皮肩带、皮腰带；他佩戴着轶鞍、颈圈，耕马所需的全套马具。在摩洛哥的地窖深处，可以看见一匹瞎眼的马在拉磨。在这里，人们用蜡烛那泛红的颤抖的光，用同样的方式把一匹瞎马叫醒，为了让他拉磨。

“中士，起来！”

他静静地挪动身体，露出依然熟睡着的神情，不知喃喃说着什么。但他似乎没有想要醒来的意思，又重新朝着墙壁睡去了，就像要钻进母亲胎内的和平中，钻进深深的水下，钻进深沉的睡眠中去，拳头一紧一松，像拽着什么黑色的海藻似的。应该把他的手指掰开。我们坐在他的床边，其中的一个人轻轻地把手臂伸进他的脖子后，微笑着把这颗沉甸甸的头抬起来。这就像在畜栏那舒适的温暖中，互相爱抚脖子的马似的。“喂！兄弟。”我一生中，还没有看过像这样温柔的光景。中士做了最后一番挣扎，想回到他幸福的梦境，拒绝来到我们这个充斥着炸药、疲惫和寒冷黑暗的世界。但已经晚了。某种从外部来的东西强制着他，就像学校的钟，让星期天受到处罚的学生静静醒来那样。他把教室的桌子、黑板和罚写的课文都遗忘了。他梦见田野里的游戏，然而无济于事。钟声始终响个不停，毫不留情地把他拉回到人类的不公平中。和这个学生相似，中士也一点儿一点儿把被自己的疲劳弄得伤痕累累的肉体，把这个自己也不想要的肉体，收回到意识中；并且这个肉体不久就会在刚醒来的寒冷中，感知所有关节的悲伤疼痛，接着感知马具的重量，然后感知沉闷的奔跑，以及死亡。就是死，也胜过把手浸在黏糊糊的血泊里挣扎着爬起来，大声喘着粗气，忍受着四周的寒气；就是死，也胜过苟延残喘的难受。我凝视着他，想起自己那次醒来后的失望心情，回想起干渴的、太阳的、沙漠的袭击，生命的袭击，以及难以逃避的噩梦。

但是他随后起身，盯着我：

“时间到了吗？”

就是在这一刹那，出现了人类的模样；就是这一刹那，人类从逻辑的预测中逃离出来。中士在笑！是什么诱使他笑了起来？我回想起梅摩斯和我，跟四五个朋友为庆祝某个纪念日而畅饮的巴黎的一夜。天亮时，我们站在一家酒馆门口。由于说了太多的话，喝了太多的酒，懒散得无聊，心里正烦得想吐。但是天空已经蒙蒙发亮，梅摩斯突然抓住我的手臂，他抓得那么紧以至于我都能感觉到他的指甲：“你看，这时候在达喀尔……”在那里，这时候机械师在揉着眼睛，取下螺旋桨套；这时候飞行员去查气象预报；这时候大地上来来往往的都是我们的同志。天空已经泛起朝霞，人们已经在准备节日，但不是为我们而准备；人们已经铺上宴会的台布，但我们却不是宾客。而有的人却冒着生命危险……

梅摩斯这样下结论：

“然而这里是多么丑陋呀……”

中士呀！你应邀参加的是一场怎样的宴会呢，竟值得你为它去死？

我已经听过你的自白了。你把自己的故事告诉了我：你以前是巴塞罗那城里的一个小会计，和数字打交道，并不在意自己国家的分裂。但是你有一个朋友参军了，然后第二个，第三个，你也惊讶地发现了自己异常的变化，你的工作渐渐变得没有意义。你的快乐、你的忧愁、你的小小的闲适的享受，这一切都好像是上辈子的事了，都无足轻重了。最后，终于传来了你一个朋友的死讯，他在马拉加附近被杀害。这不是一位你急于要为他报仇的朋友，政治上的纷争也从来没有困扰过你，然而这个死亡通知，有如海上的暴风般，从你的身上、从你的狭窄命运上穿越过去。

那天早上，一位朋友看着你说：“去吗？”

“去。”

于是你们两个人就这样“去”了。

我的脑海中浮现出几个形象，可以为自己解释你没能用语言表达却确实支配了你行动的这条真理。

在迁徙的季节，一群群野鸭飞过，它们在所飞跃过的地方引起阵阵好奇的骚动。家鸭们似乎受到了空中呈“人”字形飞行的长阵的吸引，都笨拙地跃跃欲试。它们身上残存的野性被唤醒，于是农场里驯养的鸭子在这一刻也成了候鸟。在这个懵懂的小脑袋里，从前萦绕的都是乡野沼泽、虫子、饲养房这些朴素的形象，但现在它们神往的却是辽阔的大地、高空长风及汪洋大海。家禽原来不知道，它的小脑袋竟能容下这么多的奇思妙想，于是现在振翅欲飞，瞧不起谷粒，瞧不起虫子，一心想做个野鸭子。

但是现在特别鲜明地浮现在我眼前的，是我的羚羊，我在朱比角的时候养过的羚羊。在那里大家都养羚羊。我们把它们放在圈着铁栅栏的户外，因为羚羊需要不断流动的空气。事实上，再也没有比它们的生命更脆弱的动物了。它们幼小的时候被捕来，还会在你的手里觅食。它们任你抚摸，把湿腻的鼻子伸到你的掌心上。于是你以为它们被驯服了，以为自己让它们躲过了悄无声息的消亡和忧郁地死去的痛苦。但这一天终于还是来临了，你看见它们朝着沙漠的方向，把稚嫩的小角抵在栅栏上。它们受到了吸引。它们不知道这是在逃避你。你给它们送牛奶，它们还是会喝，它们还会任由你抚摸，照样会温柔地把鼻子凑到你的手心……但是你的手一松，它们在一阵欢快的跳跃后，又回到栅栏旁边。

接着如果你不冲进去把它们赶跑，它们就会一直留在那里，倒并不企图冲破栅栏，只是低垂着头，用小角抵着，直到死为止。是发情期到了？还是仅仅因为需要跑个气喘吁吁？或许它们自己也不知道。当它们被捕获的时候，眼睛还没有睁开。它们对沙漠的自由，就像对雄性的气息一样一无所知。但是你比它们聪明得多，你知道它们在追寻什么——它们实现自我的原野。它们希望成为真正的羚羊，跳出属于自己的舞蹈。它们想以每小时 130 公里的速度朝前奔驰，途中突然停下脚步，仿佛沙中会有火焰从地底冒出。如果羚羊的真理就是追寻恐惧的滋味，那么只有恐惧才能迫使它们跑得更快，激发它们跳得更高，那豺狼又算什么呢？要是羚羊的真理是在阳光下被尖利的爪子撕裂，那狮子又算什么呢？你看着它们，心想，它们得了相思病。相思是一种无以名状的渴望……有渴望的对象，却无法用语言表达。

而我们，我们思念的又是什么？

中士，你在这里能得到什么呢？谁教你不再背叛自己的命运？或许是这条托起沉睡的头颅的友谊的手臂？或许是这个无尤无怨、与你患难与共的温柔的笑靥？“嘿，兄弟”就算是埋怨，那也是两个人的事，一个人不能独占。但人的关系中有一种境界，到了那种境界，感激和怜悯一样都失去了它们的意义。这时，人就可以像被解放的囚徒一样呼吸。

当我们两架飞机一组，结伴飞越那时尚未归顺的里约德奥罗的时候，我们曾体验过这种团结。我从来没听说过遇难者向救援者说“谢谢”，大多数的情况是：我们把一袋袋邮件从一架飞机转运到另一架飞机上时，我们相互对骂：“浑蛋！这次出故障，都是你的错，明明是逆风，你还拼命要在2000米的高度飞行。”另一个人，冒了生命危险，却羞于做一个浑蛋。然而我们该用什么感谢他呢？我们的生命也依赖于他。我们是同一棵树上的枝丫，你救了我，我为你感到骄傲！

中士呀！让你做好准备面对死的那个士兵，怎么会有怜悯你的理由呢？你们是互相为了对方而接下那个危险的。正是在这一瞬间，人发现了这种不需要语言表达的团结。我理解你为什么离开家乡了。假如你在巴塞罗那是个穷小子，下班后孑然一身，假如你的身躯无处栖息，在这里你却有实现自我的感觉，你加入到集体中去了。现在，身为贱民的你，也得到了爱的眷顾。

我不想知道在你心中撒下促使这次出发的种子的政治家的豪言壮语，究竟是否真挚，或者是否正当。就像种子发芽那样，若是那些话语在你心中起了作用，那是因为那些话语和你的需要是一致的。你是唯一的评判者，而评判麦子的是土地。

3

一个共同的、尚未企及的目标把我们和我们的兄弟联系在了一起，我们是为此而活的。经验告诉我们：爱不是相互凝视对方，而是一起展望同一个方向。只有团结一致攀在一根绳索上，朝着同一个峰顶攀登并集合的，才算得上是同志。否则，在这个安逸的世纪，我们在沙漠里分享最后一点儿粮食时怎么会感到如此心满意足呢？在这件事上，社会学家的语言又算什么呢？对我们当中所有曾在撒哈拉沙漠中体验过故障、排除故障后的欢乐的人来说，其他所有的快乐都显得那么平淡无奇。

今天的世界在我们周围开始吱呀作响起来的理由，或许就在这里。每个人各自热衷一个被赋予充实感的宗教。我们全都在矛盾的话语下，表明相同的心的飞跃。我们推论结果的方法虽然不同，但目的完全相同。

所以我们并不吃惊。从未怀疑过在自己内部沉睡着一个未知的人，在巴塞罗那的无政府主义者的地下室，被自我牺牲、相互扶助的精神，以及不屈的正义观的伟大感动过，在自己心中感觉到未知的人觉醒后，那个人以后只知道一个本质，无政府主义者的本质。并且，有些被派去保护西班牙修道院内屈膝跪地的惊慌失措的小修女的人，必定会为宗派放弃生命。

心中带着胜利感，梅摩斯在安第斯山中靠近智利那边的山腹迷路时，如果你提醒他，告诉他说他的想法错了，商人并不值得用生命做赌注去保护赚钱的信函时，梅摩斯一定会一笑置之。真理，当他越过安第斯山脉的时候，就在他身上诞生了。

如果想让一个不拒绝战争的人知道战争的灾害，就不能把他当成野蛮人对待。批判他之前，应该试着先理解他。

不妨思考一下里夫战争时，有位南方出生的士官，他负责一个前沿哨所，哨所夹在抵抗力量占据的两座山头中间。一天晚上，他接待从西边山上下来的特使一行人。依照惯例一起喝着茶时，传来枪声，原来是东边山岳地带的种族来攻击这个前线阵地了。上尉为了战斗，要求客人退去，而和他立场敌对的特使一行人回答说："今天我们是你的客人，神不允许我们弃你而去……"他们加入了上尉的部队，不只救了这个阵地，也再度返回了自己的鹰巢。

下次换自己要攻击这个阵地前夕，他们派特使到上尉那里去：

"上次我们支持你……"

"没错……"

"我们为你射击了 300 发子弹……"

"没错……"

"能不能把那些子弹还给我们呢？"

光明磊落的上尉，决不能因为对方的心地善良而占他们的便宜，于是他把弹药还了回去，虽然这些子弹以后有可能会射向自己。

人的真实就是可以把人变成像样的人。有人知道这个关系中的品格、胜负中的公正性，以生命为赌注，根据敬意做出这个互相交换，达到自己的一种高贵。也有人哗众取宠，跟对头一样的阿拉伯人炫耀地拍肩以示友爱，阿谀他们的同时又在心里侮辱他们。如果前者把自己的高尚品格和后者的庸俗假意进行对照，而你认为他们不对时，前者应该也只会对你抱以些许不屑的怜悯。而对的是他。

然而憎恨战争的你们，也应该同样是正确的。

要理解人及其各种欲望，就要通过其拥有的本质去了解他，不能因为真实的明显不同而互相对立。是的，你们是正确的，你们全都是正确的。道理用任何事情都可以证明。把世界发生的不幸全都归咎于驼背的人也有他的道理。如果我们向驼背宣战，不久就可以找出对他们激昂的理由，亦即我们作战是对驼背的罪恶复仇。再说，驼背也是会犯罪的。

要尝试将这个本质的事物抽出来，人有必要暂时忘掉各种分裂。因为分裂一旦获得承认，就会引出一本不可动摇的真理圣典，以及由那圣典引发出来的疯狂信仰。可以将人分成左派和右派，法西斯与民主主义者，这种区别是很难指责的。但是众所周知，真实是世界单纯化的东西，绝对不是创造混沌。真实是在全世界找出共通事物的话语。牛顿绝对不是像解谜那样，“发现”长久隐藏起来的规律，牛顿完成的是创造性工作。他创造出既能表达掉落在草地上的苹果，同时也能表达太阳上升的人的话语。真实绝对不是用来论证的，而是为了将事物单纯化。

互相争论意识形态又有什么用处呢？或许一切的意识形态都可以证实，但一切的意识形态也有可能被推翻。而且这种争论，只会将人的幸福导向绝望。再说，在我们周围，人都显示出了同样的愿望。

即我们想获得解决。一次又一次打进鹤嘴镐的人，想从自己挥下的每一次鹤嘴镐知道一个意义。而且侮辱囚犯的鹤嘴镐的每一锄，与让探险家变成伟大的探险家的鹤嘴镐的每一锄完全不同。鹤嘴镐挖下的地方，并不一定存在刑场，行为中并没有丑陋。只要不把挖下鹤嘴镐的人跟人类的共同体结合起来，尚未具备意义的鹤嘴镐挖下的地方才存在刑场。

而我们是想从那样的刑场逃出来的人。

现在欧洲有两亿人生活毫无意义，却希望活着。工业让他们失去了农民的传统语言，把他们幽禁在巨大的贫民窟里，这些贫民窟就像塞满了一列列黑色车厢的调车场。他们在工人街深处等待觉醒。

其他的有些人，被卷进先驱者的喜悦、宗教家的喜悦、学者的喜悦全都被禁止的一切职业的齿轮中。人相信只要给他们衣服穿，给他们食物吃，满足他们的一切欲望就够了。这样他们在不知不觉中，制造出了库特里纳式的小市民、乡村政治家，以及内在生活全无的技术者。人给予他们教育，却没有给予修养，形成了对教育的一种曲解，认为教养的意义就是将公式囫囵吞枣。即使是技术学校的劣等生，在自然及其规律方面，也知道的比笛卡儿和帕斯卡还多。但他是否具有和他们相同的推理演算能力呢？

虽然程度上有些许差异，但所有的人都同样感受到想要重生的欲望。但有些生存之道却是蛊惑人的。当然让人穿上军服可以鼓舞人，也确是事实。穿上军服，他们应该就会唱歌颂战争的歌，会和战友分享面包。他们应该也会找到自己在寻求的承担大事的气概，但是他们会因这个递出来的面包而丧失生命。

可以将古代的木偶从地下挖掘出来，让显示力量的古代神话复苏；也可以让泛日耳曼主义和罗马帝国的神秘复苏；可以让德国人以自己是德国人和贝多芬的同胞而陶醉。通过这个，可以让在船舱工作的工人也感到乐在其中。当然这比从那些工人当中塑造出一个贝多芬来，要简单多了。

但是这种偶像是肉食动物的偶像。为了知识的进步，或者为了治病而失去生命的人，自己死了，但同时也为生命做出了贡献。为扩张领土而献出生命，也许很伟大，但今天的战争自称是在促成扩张其实是在破坏。在今天，要为全体种族注入活力，已经不是只流少量的血那么简单。自从有了飞机和炸弹后，战争只不过是一种血肉模糊的外科手术：互相躲在水泥墙做成的藏身处中，无可奈何地每晚送出机队去轰炸对方的心脏部位，破坏其生命根源，瘫痪其生产及货物流通。胜利属于最后腐烂的那边，但通常是双方同时腐烂。

我们在以沙漠化告终的世界里，渴望寻找同志。在与同志分享着面包的滋味里，让我们承认了战争的价值。但我们并不需要战争来获得朝向同一目的并肩竞争的热情。战争欺骗了我们，憎恨并不会为竞赛的激昂添加任何事物。

为什么要互相憎恨呢？我们同样都是通过这个地球运送的连带责任者，是同一艘船的成员。要产生新的综合，各种文化的对立或许是美事也说不定，但文化互相憎恨则未免太荒谬了。

既然得到解放的方法是帮助我们意识到一个可以把我们彼此联结在一起的目标，那就应该在把我们联结在一起的地方寻找它。为病患看病的外科医师，并非倾听那个病患诉说生病的痛苦，而是想由这个病患去治疗人类。外科医师说的是普遍共通的语言，同时可以捕捉原子和星云、思考近乎神谕的方程式的物理学家也是一样，对于穷牧羊人也同样可以这样说。因为在星空下谦逊地守护着数只羊的牧羊人，如果能正确认识自己所扮演的角色，应该就会发觉自己并非只是仆人。他是哨兵。而且每个哨兵，其双肩上都担负着国家的安危。

这个牧羊人是否会想认识自己扮演的角色，你曾怀疑吗？我在马德里战线，曾经拜访过离战壕只有 500 米，设立在小山上，用简单的石墙环绕起来的学校。一个下士在那里教植物学。他手指着虞美人的脆弱器官，这吸引了一些长胡子的信徒，他们抖落身上的泥土，不顾炮火，爬上山来向他膜拜。在下士周围聚集后，他们盘腿坐下，以手握拳支着下巴，凝神倾听。他们时而皱眉，时而咬牙切齿。他们不懂上课的内容。但是一旦被说“你们是野人，你们才从原始人的洞窟踏出一步，还不快赶上人类”，他们就拖着沉重的脚步，一心焦急地追赶上去。

不管那有多小，当我们认识到自己扮演的角色时，我们才有可能幸福，在那个时候，我们才能和平地生、和平地死，因为赋予了生命意义，才会赋予死亡意义。

死如果在正确的秩序中，也是非常美好的。比如普罗旺斯的老农夫，在自己的世代结束之际，将自己拥有的山羊和橄榄树分给儿子们，而儿子们也依照他们的顺序，分给他们的儿子们。在农民的血统中，人死也只是死掉一半。每个生命都像豆荚一样，总会轮到它爆裂开来，把种子撒播出去。

我曾经近距离看过三个农夫在母亲临终的床边侍候，那当然是很悲痛的。因为脐带要被第二次剪断，这是第二次解开一个世代和别的世代的连接。这三个儿子看现在的自己是孤独的，知道从现在起，什么都要非学不可，知道自己失去了节日时快乐团圆的餐桌，知道自己失去了倚靠的中心。但是我也同时发现了这个事实：经过这个诀别，他们也被第二次赋予了生命。他们依照他们的顺序，在将指挥权交给现在在中庭玩耍的那群孩子之前，这些儿子也在他们的顺序中成为主导，成为集合点，不久也将成为长老。

我看着那个母亲，看着这个神情严肃、安静的双唇紧闭的老农妇，看着这副变成石质面具的脸。我从那张脸认出儿子们的脸。这副面具在做出他们的脸中发挥了作用，这具肉体在做出这些肉体、出色的人类标本中起了作用。而现在她有如破裂开来，休息着，种子被取走的豆荚般。他们的顺序，不管是儿子们还是女儿们，应该都会以他们的血肉，铸造出新的生命。在农村，生命绵延不绝。母亲死了，母亲永远活着！

虽然悲痛，但是这个世代交替的景象又有着非常纯朴的美，它把一具具白发苍苍的美丽遗骸抛在路上，通过脱胎换骨，向我尚未知晓的真理挺进。

不知道是不是那个缘故，那天晚上，那个小村庄的丧钟传达给我的耳朵的，并不是绝望，而是谦逊、温柔的喜悦。它用同样的声音来庆祝丧礼和洗礼，再次宣告了世代的传承交替。在听到这位可怜的老太婆和大地的婚礼曲时，人们感到的只是一片恬静。

就像这样，类似一棵缓慢生长的树，从这个世代传给另一个世代，这既是生命，同时也是认识。这是怎样神奇的升华呀！从炽热的岩浆，从星星的细粉，从经过奇迹发芽的生命的细胞，我们诞生出来，随后一点儿一点儿地提升自己，直到能谱写大合唱为止，直到能测量银河为止。

那个母亲绝对不是只传达生命。她教给儿子们一句话，她把经过好几个世纪累积起来的知识教给他们。这份她也受人之托的精神遗产，这世袭的传统、观念、神话，这就是一切洞窟的野蛮人跟牛顿和莎士比亚不同的地方。

那个西班牙士兵在炮击中赶去教授植物学，梅摩斯赶到南大西洋，以及促使某人致力于写诗的，正是这样的匮乏感。我们在这种匮乏感中感受到的是：系统的建立尚未结束，我们必须将自己和宇宙意识化，我们必须在黑暗中放下舷梯。相信人是利己的，可是以不关心作为智慧的人却不知道这点，还把一切都否认得那样智慧！同事们呀！我的同事们呀！我做你们的证人。我们会在什么时候才能觉得自己是幸福的呢？

4

在这本书快要结束时，我忽然想起第一次邮政飞行的黎明时分，幸运受到指名之后，我们准备蜕变为人时，那些年迈的公务员组成了欢送的队伍。事实上，他们跟我们是相同的。他们只是不知道自己是饥饿的而已。

沉睡的人实在太多了。

数年前，漫长的火车之旅中，我想把自己关闭在列车里三天。整整三天，那有如受到海水刷洗的小石子般的噪声，始终纠缠着我。凌晨 1 点左右，我从列车头走到列车尾。卧铺车厢空荡荡的，一等车厢也空无一人。

只有三等车厢坐满了受到法国驱赶返回故乡波兰去的数百名波兰劳工。我跨越躺着的身体从走廊往回走，停下来注视着。我站在灯光下，看着这个有如共同寝室般，发出军营或拘留所的气味的车厢，没有隔间的客车车厢中，随着列车行驶摇晃的杂乱的一群人。这群人仿佛坠进噩梦般的模样，要返回原来的贫困中。几颗头发剪得短短的巨大脑袋，在座席的木质椅背上左右摇晃着。男人、女人和小孩子，全都在他们的睡眠中受到威胁，就像是对这些动摇、噪声的责备，朝左边或朝右边翻着身。他们并没有在熟睡中得到安宁。

看着这个光景，我心里不禁思忖：由于经济上的巨变，从欧洲的一端被摇到另一端，从有小庭院的法国住惯了的小房子——有一次我曾经从这些波兰人矿工家的窗户上看到三盆天竺葵——被拖离出来的他们，似乎已经失去了一半的人性。绳索松弛的行李中，只装着他们的厨具、寝具和窗帘。他们在法国生活的四五年中爱抚过的、疼爱过的一切事物，猫、狗和天竺葵，都不得不放弃。他们只带回来了厨具。

由于太过疲倦，几乎让人以为是不是睡着了的一个孩子，在吸着母亲的奶。生命在这场旅行的愚劣和混乱中，继续传达。我看着那个父亲，他秃了的脑袋像石头一样沉重。在凹凸不平的工作服里，他蜷缩着身体，睡得很不舒服。这男人像一团泥，和半夜躺在菜市场板凳上那些没有人形的流浪汉没什么两样。看着这个光景，我心里想着：问题不存在于这个贫困中、这个脏污中、这个丑陋中。不止如此，与这相同的男女，有一天相识了，或许是男的向女的露出微笑；工作结束后，也许他手里拿着花去和她见面，内向、笨拙的他，也许因为害怕会被拒绝而发抖。但是女的由于天生娇艳妩媚，所以对自己的美丽充满自信，想必要逗逗他，让他不放心。而现在，男的已经沦为一架挖土或敲钉的机器，而过去他的心中也曾有过甜蜜的烦恼。他们两人会变成像现在看到的这样有如一包黏土似的令人不解：他们是通过怎样的模具，才会变成这副模样的呢？简直就像是被塑形的机器打造过似的。动物即使老了也还是会保留其优雅。难道人类是美丽的黏土，所以才会被破坏殆尽的吗?

我夹杂在睡眠混浊的人们之间，继续旅行。整个旅途都充斥着沉重的鼾声、不容易听清楚的悲叹声，以及无法忍受用这边的侧身睡而尝试睡另一边的人的笨重的鞋子划着地板造成的模糊噪声，并且仍然隐约听到海水滚动小石子般没完没了的伴奏声。

我在一对夫妻前面坐下来。在那个男的和女的之间，小孩子勉强挤到一个小小的凹洞熟睡着。小孩子边睡边翻身，那脸在灯火前浮现出来。噢！多么可爱的脸呀！这对夫妻生出了一种黄金果实来。这样衣衫褴褛的两人居然能生出美和魅力的杰作。我在这个光滑的额头、这个尖翘的可爱嘴唇的温柔表情上俯身，自言自语地说：这才是音乐家的脸，这才是少年莫扎特，这才是美丽的生命保证。即使是传说中的小公子们，也和这个少年没有任何不同之处，只要受到保护、受到疼爱、受到教育，这个少年没有任何事情是无法完成的！花园里，若是出现新的玫瑰变种，园丁们就会忙得人仰马翻。人们会把那玫瑰跟别的分开，人们会培养那玫瑰，人们会尽心照顾那玫瑰。但是没有照顾人类的园丁。少年莫扎特的命运也跟别的孩子相同，要被金属塑形机打造；莫扎特要在酒吧的腐败中，把腐败殆尽的音乐，作为自己最大的喜悦。好不容易才出现的莫扎特，这样一来也万事皆休了。

我返回自己的车厢。我自言自语地说：他们一点儿也不为自己的命运烦恼。现在烦恼我的，并非慈悲心，也不是为永远不断破裂的伤口悲伤。拥有那伤口的人并不会有感觉。在这个状况中，被破坏的人、受伤的人，并非个人，而是有如人类般的什么人。

我不相信怜悯。现在折磨着我的是园丁的见解。现在折磨着我的，绝对不是贫困。人在贫困中的话，久而久之就跟在懒惰中相同，是可以安身立命的。中东人当中，好几代都住在污垢里，甚至有人感到舒适。现在我烦恼的是即使施舍肉汤，也还是无法治愈的某些事物。我烦恼的并不是那个凸，也不是那个凹，也不是那个丑；如果说出来，那是在这些人各自心中受到屠杀的莫扎特。

只有精神的风吹在黏土上时，才会创造出人类。

附录

飞行员与自然的力量

康拉德即使谈论台风，也几乎不会描写巨大的波浪、黑暗和暴风。他放弃使用这些素材。但是在中国移民挤成一团的船舱中，船左右摇晃地把他们的行李摇得四处分散，撞坏了木箱，将他们敝帚自珍的宝物弄得乱七八糟。在人生途中他们一毛钱一毛钱攒起来的宝物，全都非常相似，但这些充满回忆的东西，全都陷入了一片混乱，回到无名和无序当中。康拉德对于台风只向我们展示其戏剧性的一幕。

恶劣天气过后，我们在女服务生的注视中，犹如聚集在羊圈里一般，聚集在图卢兹的小餐厅。当我们放弃谈论地狱的念头时，大家都承认要传达我们的想法是多么无力。我的经历、动作、夸张的话语，一定会像小孩子的吹嘘那样，让同伴露出一丝微笑，这绝对不是偶然。接下来我要描述的旋风，其恶劣程度，是我所遭遇过的最具有冲击力的。然而一旦超越某个限度，我就只能在描述强烈的乱气流时，除了将不自然的夸张癖表现得淋漓尽致，什么也无法传达。

我慢慢理解了这种无力感存在的缘由。那是因为想要描述之人通常情况下只是简洁、直白地陈述，而并不打算将其用出神入化、戏剧性的方式呈现出来。讲述者之所以无法还原当时的恐怖，是因为记忆需要重新整理，才能够重现当时的恐怖场景，然而恐怖并不会在现实中现身。

虽然我在以下的故事中描写了自然界各种力量的反叛，却无法感同身受，正是基于这个缘故。

我从托勒劳的中继站起飞，朝巴塔哥尼亚的柯莫德罗·里巴达比亚飞去。在那个地方，犹如飞行在旧锅子般凹凸不平的地表上空。任何地方的土壤大概都不会留下这样的耗损痕迹。越过安第斯山脉的缺口受到来自太平洋高气压风的影响，飞机在宽约 100 公里的峡谷中被掐住了喉咙，在朝大西洋那边加速通过时，又把一切都削走。在侵蚀严重的地区仅存的植物，像燃烧正旺的一片火海覆在土壤表面。在飞机上可以俯瞰到四处都是风沙下的圆形山丘，边缘如锯齿般尖锐，还有呈船头状的群山耸立在那里。

夏天有三个月的时间，地上测定的风速达到时速 160 公里。我们非常了解这种风。我和我的伙伴，在越过托勒劳的旷野，靠近那种风吹袭的地区边缘时，都可以从某种灰绿色的色彩中看出风的存在，预测到会有一股强烈的乱气流。随即我们将皮腰带和背脊护革减少一个洞，重新扣紧。从那时起，艰难的飞行开始了，每走一步，都犹如陷入沼泽寸步难行。整个过程只能用手来摸索。在风中整整一小时，肩膀被揪得发痛，我们从事有如码头搬运工的工作。一小时之后，风才停止。

我们的飞机最终熬了过来。我们把全部的希望寄托在翅膀的接合部。通常情况下只要能见度良好，就不会有问题。我们的整个飞行并不具有戏剧性，而是真实发生的。

但是那一天，我并不喜欢天空的颜色。

天空是蓝色的，透明的蓝，但几乎过于透明。太阳照在那磨损的大地上，将四处连骨头都被舔得一干二净的山丘背脊照亮。没有一丝云，但是那透明的蓝当中，混杂着比平常磨得还要亮的小刀的钝重光辉。

面对着身体的考验，我很快就有一丝厌恶。天空的透明本身让我发窘。

在阴暗的恶劣天气中，可以看清敌人的模样，可以测出其所在的范围，可以准备好攻击。在阴暗的恶劣天气中，可以跟敌人扭打。然而在晴天的高空中，蓝色的暴风乱流，有如土石崩塌般向飞行员攻击过来，于是感觉自己脚下犹如虚空一般。

我也注意到发生的别的状况。在群山相同的高度处，笼罩着的既不是雾霭，也不是蒸气，更不是沙尘暴带来的灰色带状物。我不喜欢那些由风带往大海从而削取下来的锉刀屑。我把皮腰带扎得紧紧的，一只手操纵，另一只手抓紧机身的框架。尽管那个时候，还飞行在寂静的空中。

整个天空突然暗了下来。过往的经验告诉我们真正的恶劣天气就要到来了。既不是上下摇晃，也不是左右摇晃，没有任何大规模的移动。飞行依然呈直线，保持水平。但是翅膀受到了巨大的冲击，那时不时停下来、几乎没有感觉的、极其平淡的冲击，就像空气中混杂着微量的火药那样，偶尔才会发生。

接下来，我们周围的一切都迸溅开来。

之后的两分钟实在不值得一提。浮现在我的记忆中的，只不过是几个最初的念头、推测的迹象、直接观察到的事物。最初的两分钟无法创造出戏剧性的效果，因为缺乏戏剧生长的土壤。而我能够做的，只有将那些依照时间顺序排列出来。

首先所面临的问题是无法继续前进。我将机身向右倾斜以修正突然产生的偏流后，发现景色逐渐开始静止，之后变成决定性的静止，已经慢慢无法征服地表；机身已无法沿地形起伏飞行。大地看起来在倾斜、在转动，但都是在同一个地方，然后机身就像是在磨损的齿轮装置上打滑似的。

同时我的脑海中出现了一个可笑的想法，但我的身体有可能完全暴露出来。在风中刻画出轨迹，将乱气流的旋涡对着我丢掷过来的那些山顶、山脊、群峰，看起来全都有如瞄准我的炮口一般。正因为如此，牺牲高度，在峡谷底寻求山的侧腹保护的念头，逐渐在我的脑海中形成。而且不管我愿不愿意，都一直在被地面吸过去。

20 分钟后，虽然根据经验知道地表风速已经达到每小时 240 公里，可是被那样的旋风第一次捕捉住时，我完全没有感觉到任何悲剧性的事物。闭上眼睛，遗忘飞机和飞行，在真实情况下表现我的经验的话，可以联想到扛着行李保持平衡的搬运工，与松脱的行李进行恶斗：扭动身体按住其中的一个行李，结果另一个行李开始掉落，一时间完全手足无措，很想松开两只手臂抛开所有的行李。在这种诱惑的驱使下，任何跟危险有关的表象都没有萦绕在心头。这时，表象的最短距离规律发挥着作用——人将遭遇到的事情，关进能够最快将那事情归纳起来的象征中。我是在拼花地板上滑倒，将堆积如山的陶器倾倒一空的搬盘子的人。

现在我被捕捉在峡谷中，不舒适的感觉不但没有减少反而增大。乱气流当然没有杀过人。虽然有“被乱流打到地面上”的说法，但我们知道那只不过是新闻记者的表达手法。怎么可能会有一直吹到地面的风呢？但是那一天，在那个峡谷底，我对机身的控制失去了四分之三。而且可以看到前面的岩石前端，气流从右往左摇动，然后突然飞上空中，刹那间出现在我的上方，接着又消失在地平线下方。

地平线……不，地平线已经不存在。我就像被关在乱七八糟摆着布景的剧院舞台后方似的。垂直、倾斜、水平，一切方向都混杂在一起。一百座横亘的山谷使人看不清前方有什么。还没有来得及认清方向，新的暴风就让机身回转了四分之三，接着又回转了 360 度。于是我必须再度从这个不对称的世界逃离出去，那时候有两个念头浮现在脑海中。一个是发现。那一天，我第一次了解山中突然发生的由于没有雾所以无法说明的某种飞机事故的原因。飞行员刹那间，在疯狂舞动的景观中，将山的斜面误以为是水平面。另一个则是无论如何也非冲到海上去不可的固定观念。海面是平坦的，在海面的话就不会相撞。

于是我改变了方向，如果可以将朝向东边峡谷中无意识前进的那个舞动叫作改变方向的话。一切仿佛看起来没那么悲剧。我面对无秩序展开搏斗，面对无秩序耗损身体。为了重建没完没了崩塌下去的纸牌的巨大城堡而耗损身体。我的监牢的一堵内墙仿佛朝我涌来大浪般的隆起，顶多也只能使我怀着单纯的恐惧。还有，从乱流中穿越过去时，山脊有如活的东西般对我设下绊脚陷阱，顶多只能使我的心脏蜷缩成一团，而那些无形的火药库爆炸时也是一样。在这些变化不定的感情纠葛中可以看出的明确感情，就是敬畏。我对那山峰心怀敬畏；对那尖锐的山脊心怀敬畏；对那圆形的山丘心怀敬畏；对跟我所在的峡谷相连，让自己奔流般的风与已经在不断将我拉去的风合流，想要引发莫名其妙的乱流的那横亘的山谷心怀敬畏。

我察觉到自己并非在对风展开搏斗，而是在和那山脊本身、那山顶、那岩石交战。即使隔着距离，与我交战的也还是那岩石。经过无形的延长作用，经过秘密的肌肉活动，我对抗的是那岩石本身。我知道前方右边，萨拉曼卡峰面向大海矗立着，可以看出那完整的圆形山丘外貌。显然终于可以到海上去了！但是首先得穿过从这座山峰来的风下方。借用我们同伙的说法，就是穿过那个“落山风”。萨拉曼卡峰是巨人……所以我对萨拉曼卡峰心怀敬畏。

我有一秒……两秒……的空当。我的思绪形成某个死结，变得封闭起来。我吃惊不已，眼睛睁得滚圆。整个机身都在震动，似乎在向旁边延伸而去，而且不断扩大开来。这时候可以保持水平，上升约 150 米，有一种解放感。40 分钟以后，无法上升超过 60 米的我，突然看到我的敌人在眼睛下方。机身仿佛在开水壶中震动着。大海呈现出辽阔的外貌，峡谷对着那大海、对着解救敞开……

然而说时迟那时快，远在 1000 米之外的我，腹部受到萨拉曼卡峰来的强风一击，一切全都乱套了，我被扔到了海上。

现在我将发动机开到最大限度，朝呈直角的海岸飞去。一分钟之内，发生了许多事情。首先是我并非来到海上，也就是经过惊人的咳嗽，有如从曲射炮的炮口被吐出来似的，被峡谷吐出来，朝着海的方向被驱赶出来。几乎同时感觉到旋转四分之三要到海岸的距离时，在我看来，那海岸在约 10 公里的远方，是个陌生的海岸，已经笼罩在蓝色中。而清晰浮现在澄澈天空中的群山的锯齿状棱线，在我看来，就像堡垒的枪孔似的。在落山风的压力下，我被推下去紧贴着海面，立刻知道自己想要反抗的暴风的速度，察觉到自己的失策，但为时晚矣。即使将发动机开到最大限度，时速达到 240 公里，也还是无法在波涛汹涌的海面前进 20 米！

这种风袭击热带森林时，会如火焰般卷走茂密的枝叶，呈螺旋状爬升上去，就像拔萝卜那样将巨木连根拔起……在这里，雪崩从群山的高处落下，将海压碎。

正面看着海岸线，将发动机开到最大限度，反抗着从山间的每一个缝隙吹出来的强劲的风，感觉就像是飞机盘旋在海上泛起的巨大波涛间般动荡。

南美大陆在这个纬度已经变窄，安第斯山脉也离大西洋不远。我不只在海岸线的群山吹下来的风中挣扎，或许也在和从安第斯山脉上方向我挤压过来的整个天空对抗。航线已经飞了四年，我这是第一次开始怀疑自己翅膀的抵抗力；还有，也害怕跟海面相撞。并不是因为害怕在这个高度必定会朝水平方向扩大开来的下降气流，而是担心突然要被迫采取不情愿的特技飞行态势。每次遽然下降，我就怀疑相撞前是否能够将机首重新拉高。而更担心的还是——虽然那仿佛命中注定了的——最后燃料耗尽，单纯的坠落。每一刹那，我都做好了燃料箱会停止操作的心理准备。事实上，由于摇晃得太过激烈，半满的油箱和油管内的汽油，都呈吊在半空中的状态，一再使得发动机停止。发动机发出的并非均匀的轰隆声，而是长短各自不同的奇妙的摩斯信号。

这段时间，我紧紧抓住运输机沉重的操纵杆，整颗心都被肉体的战斗夺走，已经只能怀着极其单纯的感情，不自觉地望着海面风的痕迹。看到好几个宽达 800 米的白色巨大斑纹，以每小时 260 公里的速度向我逼近。在那里落下的龙卷风撞击海面后四分五裂，造成水平的爆炸。

海是白色的也是绿色的。白色是那种砂糖粉的白色；有斑纹的地方，则是那种绿宝石的绿色。在那无秩序的混乱中，无法一一识别波浪。急流在海面上流着，就像秋天风的巨大旋涡吹过即将收割的麦田那样，风在那里留下巨大的足迹。有时会有受到沙滩包围的透明得近乎寻常的地方，从那里可以看到绿色和黑色的海底。在那之后，那面海的巨大玻璃，碎裂成无数的白色破片。

我当然认为已经完了。已经足足战斗了 20 分钟，却连 100 米也没有挺进。在离海岸断崖 10 公里远的地方飞行万分困难，所以即使能够再度靠近海岸，也还是无法抵抗乱流。我朝着向我“炮击”的强烈气流前进。但为什么会感觉到恐惧呢？除了一个单纯行为的表象，一切念头都从我身上完全消失了。重新开始，再一次重新开始，重新开始……

有时会有片刻的延迟。或许那些延宕跟我遭遇过的最强烈暴风没什么不同，但比较之下，我在那期间感受到巨大的安心。可以感觉到反击的急迫性也稍微减弱，我事先就知道那样的延宕。我并非朝风比较平稳的地带挺进。海面上清晰呈现出来几乎可以说是绿色的那个绿洲，在朝我流过来。我明确判读出海面上这个绿洲所传达的信息。每次在暂时的延宕中，我恢复了思考的能力、感觉的能力。那时候我判断出自己已经不行了，于是慢慢被恐惧捕捉了。看到新的白色攻击向我推拥过来时，我陷入短暂的恐慌状态中，那状态一直持续到翻腾不已的海边，撞到无形的风墙那一瞬间为止。于是我什么感觉都消失了。

上升！即使这样，我也还是继续满怀期望。有时候会认为那个绿色的无风领域拥有无限的深度。于是我再度怀着隐约的希望，“飞高看看……若是飞得更高，或许可以找到别的能够让我前进的气流……那样的话……”我利用强风的空当，试着急速上升。急速上升非常困难，落山风依然是可怕的对手。100 米、200 米……我心里思忖着：“只要达到 1000 米，一切就没有问题了。”但是在水平线上，可以看到向我扑过来的成群的白色猎犬。于是我在不利的态势下，放松缰绳，以免胸口挨揍，受到冷不防的撞击。但为时晚矣。第一个绊脚陷阱就让我翻了个大跟头。天空看起来就像是光滑的圆穹似的，我在那上方无法保护身体。

人要怎样才能对自己的手下承认说：我这个发现使我吃惊不已，身体有如冻僵般。我的双手麻痹了，我的双手一动不动，那双手没有传来任何信息。或许很早以前就是那个状态，只是没有察觉罢了。重要的是发觉那个问题，质问自己那个问题……

事实上，翅膀的扭曲影响到操纵装置的电缆，不规则的震动传达给了操纵杆。足足有40分钟，我使出全力紧抓操纵杆，想要稍微减轻冲击，担心过大的冲击会使电缆断裂。但由于我抓得太用力，双手已经没有感觉了。

这是个怎样的发现呀！我的双手是别人的双手。我看着双手，动一根手指看看，手指照着我所表达的意思去做。然后我看着其他的手指，下了同样的命令，但无法知道手指是否照我所说的做，手指无法传达给我任何信息。我心里想着："即使手张开，也还是无法知道是否张开。"突然间，我看着手，而手紧握着。我感到恐惧。手和脑之间无法进行感觉交换时，要怎样区别张开手的表象和想要张开手的决心呢？要怎样将表象和意志的行为，从双方中识别出来呢？必须驱逐张开的手的表象，让手各自不同地活着。必须让手避开这个天大的诱惑。于是我开始了仿佛可笑的连续祈祷般的念念有词，这在飞行结束之前应该一次也不会中断。那是唯一的念头，唯一的表象。毫不厌倦、一再重复的唯一的词句："双手握紧……双手握紧……双手握紧。"我的整个身体收缩在这个词句里。白色的海、乱气流、锯齿状的山脊都已经不再存在，只有双手紧握；危险、旋风、找不到的陆地也都已经不复存在，只有仿佛橡胶做成的不受控制的双手，只要松开操纵杆一次，就再也无法恢复干劲儿，在海面前方重新摆好架势。

一切都懵懵懂懂。除了自己变得空荡荡，什么感觉也没有。

体力和想要战斗的意志，也都变得空荡荡。发动机持续发出长短各不相同的摩斯信号，以及有如撕裂布帛般的断断续续的声响。沉默要是延长一秒钟以上，就会觉得心脏似乎要停止跳动。泵不动……已经都完了！不，又动了起来……

从机翼的温度计可以知道是零下 32 摄氏度。可是我从头到脚都是汗。汗水沿着脸颊流了下来，这是怎样的摇晃呀！过后才知道原来是蓄电池的钢扣剥落，撞击机顶，在那里敲开了一个洞。这也是事后才知道的。另外，机翼的翼肋也剥落了；操纵设备的好几条电缆，就像用锉刀磨过似的，连最后的铜丝都被磨断了。

依然是空荡荡的，也不知道巨大的疲劳之后的麻木，以及对休息的不吉利的憧憬什么时候会遽然来访。

关于这样的状态要说什么好呢？没什么好说的。肩膀疼痛，非常疼痛，就像扛了过重的袋子后那样。望望下方，一个绿色的斑纹中，可以从镂空处看到那浅得几乎能够看清一切的底。但是风用膝盖一顶，就将那光景击得粉碎。

战斗 1 小时又 20 分钟后，我成功上升了 300 米。在稍微靠南边的海面上，可以看到拖着长长的尾巴有如蓝色的河般的东西。我决定要飘到那条河那里。在那里，虽然不能前进，但也不会后退。只要在某种相互作用下受到保护一直抵达那条路，或许就可以朝向海岸缓缓溯流而上。因此我往左边顺流而去，风的强度仿佛也减弱了。

飞机前进了 10 公里，足足花了一小时，之后就像藏在断崖的阴影中似的南下；现在在朝向陆地的上空，朝着中继站的方向试着上升。飞机成功维持在 300 米的高度，依然受到可怕的恶劣天气的影响，但已经无法与以前相比。结束了……

中继站可以看到 120 名士兵的身影，他们是因旋风来袭为了我而被召集过来的。我在他们的注视中降落。经过一小时的苦斗，我们把飞机收进机库里。我从驾驶席上下来，对伙伴什么也没说。很困。缓缓动着手指看看，但还无法唤回知觉，顶多只是像刚才那样感到可怕。是否感到可怕了呢？只不过是碰上奇妙的光景罢了。奇妙的光景？怎样奇妙呢？不知道。天空是蓝色的，海是雪白的。由于是从非常遥远的地方回来，所以或许应该说是冒险，但是无法捕捉遭遇到的事情。“白色的……雪白的……不，请想象更白的海……”只是增加形容词的数目，根本没有什么可以传达。像那样的结结巴巴，根本什么也无法传达。

之所以什么也无法传达，是因为可以传达的东西全都付之阙如。几乎要把五脏六腑剔除出来般的念头，在这个肩膀的疼痛中，并没有栖宿一丝戏剧性，萨拉曼卡的那个圆锥形山峰中也没有。虽然我已经像塞满的火药库般有太多要说的，但如果将它们说出来……大概只会惹人发笑。我自己则是……对那座萨拉曼卡山峰心怀敬畏。那就是一切。那并不是戏剧。

除了人的问题，既不存在戏剧性，也不存在悲怆感。到了第二天，想象着从旋风的地狱逃生出来，在人类的大地上走着的自己的模样，为冒险润色时，或许我会感动。因为我会做一些实际情况上的小小改动；因为以手臂和腿跟旋风交战过的人，是无法跟第二天的幸福的人做比较的。他太忙碌了。

在冒险中至少我有所收获，带来了小小的发现：即当感觉的传达不能进行时，单纯的表象和意志的行为的区分得到了证实。

如果我说那个孩子受到不公平的处罚，或许会让你的心动摇。但即使你卷进我所说的旋风的故事里，或许你也不会受到折磨。与那相同，我们能够每星期坐在电影院的观众席里，去见证海上的空袭吗？我们可以不感到害怕、很从容地去注视火山的熔岩席卷大地，形成夹杂着煤和灰的直达天际的旋风，连同阁楼里的稻种、几个世纪的遗产、家中的宝物和烧焦了的儿童的肉体毁灭殆尽，化为烟散布空中，缓缓使那乌黑的积云增厚吗？

但是只要那肉体的戏剧本身不显示其精神的意义，就不会触及我们的心。